岩 波 文 庫

32-709-6

まっぷたつの子爵

カルヴィーノ作
河 島 英 昭 訳

JN147567

岩 波 書 店

Italo Calvino

IL VISCONTE DIMEZZATO

1952

目　次

まっぷたつの子爵

1

むかしトルコ人との戦争があった。ぼくの叔父、テッラルバのメダルド子爵は、キリスト教徒の陣営をめざして、ひたすらボヘミアの平原に馬を進めていた。従う兵卒の名はクルツィオといった。こうのとりが白い群れをなし、低く舞いながら、どんよりと動かぬ大気をよぎっていた。

「なぜこんなに、こうのとりがいるのか?」メダルドはクルツィオにたずねた、「どこへ飛んでゆくのか?」

ぼくの叔父はそのときまだ召集されたばかりで、すでに戦闘に参加していた近くの公爵たちを加勢するため、新しく着任したところだった。彼はキリスト教徒側の最後の砦《とりで》で一頭の馬と一名の従者とを授けられ、皇帝の本陣に出頭しようと馬を進めていた。

「戦場にはかならず飛んでいるのです」暗い声で、従者が言った。「これからはわたしたちの行く道にずっとついてくるでしょう」

この地方でこうのとりの飛ぶ姿は幸運のしるしだ、とメダルド子爵は思いこんでいたから、それを見て顔をほころばせた。が、なぜか、不安を感じた。

「クルツィオ、どうしてまた戦場の上をああいう鳥が飛ぶのだ?」彼はたずねた。

「あれも人間の肉の味を覚えてしまったのです」従者がこたえた。「すでに久しいまえから、飢饉《ききん》は田畑を枯らし、日照りは河川《かわがわ》を涸《か》らしてしまいました。かつての烏《からす》や禿《は》げ鷹《たか》に代わり、死骸の横たわるところに、こうのとりや、紅鶴《べにづる》、丹頂鶴《たんちょうづる》が、姿をあらわしたのです」

そのころ叔父はまだ血気さかんの若者だった。あらゆる感情が一度に噴き出して、善悪の区別もさだかにつかない年ごろだった。そして死の影に満ちたむごい経験であっても、そのひとつひとつがみな新しく、人生の愛に熱くおののいて見える年ごろだった。

「では烏は? 禿げ鷹は?」彼はたずねた。「そしてほかの獰猛《どうもう》な鳥たちは? みなどこへ行ってしまったのだろう?」彼の顔は青ざめていたが、瞳は輝いていた。

従者は口ひげをたくわえ、黒ずんだ顔をして、一度も視線を上げなかった。「ペスト患者の死体をついばんだため、やつらにもペストがうつったのです」そう言いながら彼は槍先を伸ばしていくつかの黒い茂みを差した。目をこらすと、それらは灌木《かんぼく》の茂みではなく、猛《たけ》だけしい鳥たちの干からびた足や羽の山だった。

「さよう、人か鳥か、そのいずれが先に死んだものか、またそのいずれが先に相手の肉をむさぼり食ったものか、そこのところは判然といたしませぬ」と、クルツィオが言った。

人びとは襲いくるペストから逃れるため、家族ぐるみ平原づたいに歩いてきたのだ、そしてそこでついに死の苦しみにとらえられたのだ。荒れはてた平原にもつれあって散らばる男女の死体は、みな裸で腿《もも》のつけねがくずれ、はじめはわけがわからなかったように、それぞれに羽毛が突き刺さっていた。それゆえ、くずれてゆく彼らの腕や肋骨《ろっこつ》にはまるで黒い羽と翼が生えたように見えた。それらに混じって禿げ鷹の死骸もあった。

はやくも地上には戦いの跡を物語る破片が散らばっていた。馬が横っとび跳ねたり後足で立ったりするため、主従の歩みは遅れがちであった。

「馬は何におびえているのか?」メダルドが従者にたずねた。

「殿下」彼はこたえた、「自分のはらわたの臭いぐらい馬が嫌うものはありません」

彼らが横切っている平原のあちこちに、じじつ、馬の死骸が散らばっていた。あおむけに四つ足を空に伸ばしているものや、うつぶせに鼻づらを土にもぐらせているものがあった。

「なぜこのあたりには馬ばかり死んでいるのだ、クルツィオ?」とメダルドがたずねた。

「馬は腹を裂かれますと」とクルツィオがわけを語り出した、「はらわたを落とすまいとするのです。そしていきなり腹を地面につけたり、はらわたをはみ出させまいとあおむけになるのです。が、いずれにせよ、死はたちまちにやつらをとらえます」

「するとここの戦いでは、馬ばかり死んだのか?」

「トルコ人の半月刀は乗馬の腹をひと太刀《たち》で切り裂くのにしごく向いているのです。もっと先へ行けば人間の死体も見えてくるでしょう。まずはじめに馬の番がきて、それから騎士たちの番がくるのです。おや、あれに陣地が見えたようです」

地平の果てに大型テントのとがった屋根が見え、皇帝の軍旗がひるがえり、煙が立ちのぼっていた。

馬を早駆《はやが》けにして進むと、前回の戦闘の死者たちはおおかた取りのぞかれ、埋められていることがわかった。ただ肉の破片があちこちに散らばり、とくに指が刈り株の上などに残っていた。

「ときどき道を示している指があるぞ」と叔父のメダルドが言った、「あれはどういう意味だ?」

「神よ、ゆるしたまえ。生き残った者たちが指輪を剝ぎ取るために死者の指を切り落としたのです」

「そこを行くのは誰だ?」と歩哨《ほしょう》が叫んだ。見ると、その男は日陰の木立ちの幹のように苔《こけ》や黴《かび》だらけの外套《がいとう》を着ていた。

「聖なる王冠に栄《は》えあれ!」クルツィオが叫び返した。

「そしてトルコの王に死よあれ!」歩哨があとをつづけた。「それにしても、お願いです、司令部に着いたら交代を寄こすようにお伝えください、もう根が生えそうです!」

雲霞《うんか》のように戦場をおおい、汚物の山を飛びまわる蠅《はえ》の群れから逃れようと、いまや馬は走りに走った。

「きのうの勇士の」とクルツィオが思わず口走った、「糞尿《ふんにょう》だけが地上に残り、きょうの彼らは天にある」そして彼は十字を切った。

陣営の入口には一列に天蓋《てんがい》が並び、それらの下にちぢれ髪の、毛深い女たちが、金《きん》襴《らん》の長い服から胸をあらわに見せ、叫び声や卑しい笑い声をたてて、彼らを迎えた。「これは娼婦の小屋です」クルツィオが言った。「どこの連隊にも見られぬ美人ぞろいです」

ぼくの叔父はすでに馬上にあることを忘れ後ろを振り向き、じっと彼女らに見入った。

「お気をつけなされ、殿下」と従者がつけ加えた、「そいつらは不潔で病気もちですから、トルコ人でさえ捕えていこうとしないのです。いまや、そいつらは虱《しらみ》と南京虫《なんきんむし》とダニのかたまりでしかありません。さぞかし背中にはさそりや、とかげが巣を作っていることでしょう」

主従は野戦砲台の前を通った。日は傾き、一日の激しい戦闘のあとのまっ赤に焼けた小銃や大砲の銃身の上で、砲兵たちはかぶら汁を煮ていた。

土を満載した車が何台かやって来た。すると砲兵たちはその土をふるいにかけた。

「火薬が不足しているのです」クルツィオが説明した、「しかし戦闘が行なわれた付近の土には火薬がたくさん混じっているので、その気になりさえすれば、まだまだ弾丸が作れないことはありません」

ついで騎兵隊の厩《うまや》のそばを通った。そこには、群がる蠅のなかで、馬の傷口を縫い合わせたり、包帯を巻いたり、煮えくりかえったタール状の膏薬《こうやく》をなすりつけたりして、獣医たちが手術にかかりきっていた。そして、いななき足を踏みならす馬のあいだで、獣医たちも同じように足を踏みならしていた。

そのつぎには、歩兵隊のテントがしばらくつづいた。日は沈みかけていた。そしてそれぞれのテントの前には兵士たちが裸足《はだし》になってぬるま湯を入れた桶《おけ》のなかに足をひたしていた。彼らは昼夜をわかたぬ非常呼集になれていたから、足湯をつかっているあいだにも兜《かぶと》をかぶり、肌身はなさず槍を握っていた。四阿《あずまや》ふうに棟《むね》を上げ、幕を垂らしたテントのなかでは、将官たちが脇の下に白粉《おしろい》をまぶし、房のついた団扇《うちわ》で風を送っていた。

「彼らは柔弱であるためにあんなまねをしているのではありません」クルツィオが言った、「それどころか、厳しい軍隊生活のなかで完全にくつろいださまを見せようとしているのです」

テッラルバの子爵はすぐさま皇帝に目どおりを許された。アラス織りの布地と戦利品とに囲まれた陣幕のなかで、皇帝は地図を前にして今後の戦闘計画に余念がなかった。寄せ集められたテーブルはひろげた地図に埋まり、その上にピンを突き刺しながら皇帝は、参謀のひとりが差し出す針さしから、つぎつぎにピンを引き抜いていった。地図にはすでにたくさんのピンが刺しこまれていて、もう何が何やらわからなかったから、字を読みとろうとするときには、いったんピンを引き抜いてみなければならなかった。そして抜いたり刺したりするとき、両手をあけておくために、皇帝も参謀たちも残りのピンを口にくわえていた。そのため、彼らの話し声はうめくように聞こえた。

皇帝は自分の前に深ぶかと頭を垂れた若者を目に留めるや、問いのうめき声をひとこえ発して、すぐに口からピンを吐き出した。

「陛下、イタリアから到着したばかりの騎士です」と、誰かが紹介した。「ジェノヴァ公国の栄誉ある家系のひとり、テッラルバの子爵でございます」

「ただちに中尉を命ずる」

叔父は長靴を鳴らして姿勢をただした、いっぽう皇帝は王者にふさわしいゆったりとした礼を返した、するとひろげてあったすべての地図がひとりでにくるまり、ころがって床に落ちた。

その夜、疲れてはいたが、メダルドはなかなか寝つけなかった。テントの近くを往《ゆ》きつ戻りつしては、呼びかわす歩哨の声や馬のいななきに、あるいは眠りのなかの兵士たちのうわごとに、彼は耳を傾けた。ボヘミアの空にまたたく星くずを見あげると、彼の思いは授けられたばかりの位から、明日の戦闘へ、遠い祖国へ、また故郷の小川のほとりの葦《あし》の茂みをわたる風の音へとひろがっていった。しかし心のなかには郷愁も、疑いも、不安もなかった。彼にとってはまだすべての事物が完全で議論の余地はなく、そして彼自身も同じように完全であった。もしもそのとき彼が自分を待ち受けている恐ろしい運命を予測できたならば、それがいかに苦しくとも、それもまた自然であり当然のものであると思うことができただろう。彼は夜の地平のかなたの敵陣の方角に瞳をこらして、両腕を組み、肩のあたりを握りしめ、遠い異国の現実に取り巻かれながら、それらの事物のさなかに自己の存在を確かめることで、満足を覚えていた。その土地に幾千もの筋を引いて流れた、残忍な戦いの血が、ついに自分にも達したことを彼は感じていた。そして憤《いきどお》りも憐《あわ》れみもなく、それが自分のなかに注ぎこまれてゆくにまかせていた。

2

戦闘は午前十時ちょうどにはじまった。陸軍中尉のメダルドは馬上ゆたかにまたがり、攻撃態勢を整えたキリスト教徒陣営を、端から端まで見わたした。そして麦打ち場のようにほこりっぽい籾殻《もみがら》の匂いを舞いあがらせたボヘミアの風のなかに、首を突き出した。

「なりませんぞ、後ろを向いては、殿下」と、軍曹の位をつけたクルツィオがかたわらから叫んだ。そして断固としたその言葉の意味を解き明かすかのように、落ち着いた声でつけ加えた。「戦うまえには、縁起が悪いと申します」

実際には、子爵の志気がそがれるのを恐れたからだった。よく見れば、キリスト教徒軍はそこに勢ぞろいしているだけで、しかもそれが貧弱な歩兵の小隊から成り立っていることは明らかだった。

が、叔父は遠くの地平線に近づいてくる雲をじっと見つめながら、もの思いにふけっていた。《そうだ、あれがトルコ軍の土煙《つちけむり》だ、まぎれもないトルコ人たちだ、そしてわたしの脇で嚙《か》みタバコを吐いているのはキリスト教徒の歴戦の勇士たちだ、いま鳴り響いているこのラッパの音は突撃の合図だ、わたしの人生の最初の突撃だ。そしてこの轟音《ごうおん》、地響き、地中に刺さる破片、それをしごくのんきそうに馬上から眺めている歴戦の勇士たち。これが大砲の玉なのだ、わたしの戦闘の最初の弾丸なのだ。「そしてこれが最後の弾丸なのだ」と言える日は、二度とわたしには来ないだろう》

気がついたときには、彼は剣を抜いて平原をひた走りに走っていた。目じるしになる皇軍の旗は、煙のなかを、見えつ隠れつしていた。味方の砲弾は頭上の空を引き裂いて唸《うな》り、敵弾はすでにキリスト教徒側の前線に炸裂《さくれつ》して、あちこちにきのこ形の土煙を立ちのぼらせていた。心のなかで彼は叫んだ、《トルコ兵があらわれるぞ！　トルコ兵があらわれるぞ！》闘う男にとっては敵をもつことが、自分の予想どおりの敵の姿を見ることが、いちばんの生きがいなのだ。

彼は見た、それを、トルコ兵を。すぐそばにふたりやって来た。馬ごと隠れてしまいそうな外套《がいとう》を着て、小さな丸い皮の楯《たて》を持ち、黒とサフラン色に塗りわけた縞模様《しまもよう》の服を着ていた。ターバンを巻いて黄土色の皮膚にひげを生やした顔つきは、故郷のテッラルバで《トルコ人のミケー》と呼ばれていた男にそっくりだった。ふたりのトルコ人のうち、ひとりは目の前で死に、もうひとりは相手を倒した。しかし彼らは続々とやって来たので、白兵戦になった。トルコ人はふたり見ればあとはみな見たも同じだった。彼らも軍人だったから、みな軍隊の服装をしていた。彼らの顔は農夫のように硬く日焼けしていた。あのふたりの姿を見たとき、メダルドは彼らをみな見てしまったのだから、あとは故郷のテッラルバに帰ってきて、うずらでも撃《う》っていればよかったのだ。が、彼は兵役の義務を果たしてしまった。彼は駆けまわり、半月刀のひらめきをかわして、背の低い徒士《かち》のトルコ兵を見つけ、ついにそれを殺してしまった。一度やりかたを覚えてしまうと、今度は背の高い馬上の敵を見つけて、手傷を負わせた。彼らは背が低かったから、かえって危険だった。彼らは下にもぐって、馬の腹をあの半月刀で切り裂くのだった。

メダルドの馬が足をひらいて止まった。「どうした?」と子爵が言った。クルツィオが追いついてきて下を指さした。「それを、ちょっと、ごらんください」すでに馬のはらわたはすっかり地面にはみ出していた。獣《けだもの》は哀れに主人を見あげてから、はらわたを振り落とすまいと頭を下げた。が、それもはかない英雄のまねごとにすぎなかった。つぎの瞬間、馬は気を失って、息絶えた。テッラルバのメダルドは地面におりた。

「わたくしの馬をどうぞ、中尉殿」と、言い終わらぬうちに、ひと筋の矢に射抜かれて、クルツィオは落馬した。それを振りきるようにして馬は駆け去った。

「クルツィオ！」子爵は叫んで、倒れてうめいている従者に走り寄った。

「わたくしのことは、かまわずに、殿下」従者が言った。「願わくば、病院にまだグラッパが残っていますように。負傷者ひとりにひと皿はあの酒がいるのです」

メダルドは肉弾戦のなかへ跳びこんだ。勝敗のゆくえはさだかでなかった。混乱は激しくつづいたが、キリスト教徒側の旗色がややよいように見えた。じじつ、彼らはトルコ兵の陣営を破って、いくつかの敵陣を包囲していた。叔父は勇敢な戦士たちに混じって、敵の砲台の下まで攻めこんだ。トルコ側は砲台の向きを変え、キリスト教徒に砲火を浴びせようとした。ふたりのトルコの砲兵が車砲を操っていた。彼らの動作は鈍かった。足もとまで届く外套をつけ、濃いひげをたくわえていたので、ふたりの天文学者のように見えた。叔父は大声で言った、「いま、そこへ行って、なおしてやるぞ」叔父は情熱型ではあったが、科学の知識はいっこうになく、大砲には側面か後尾から近づかなければいけないということすら知らなかった。彼は剣を抜いて筒先のまっ正面に立ちはだかった。そうすれば、ふたりの天文学者を驚かすことができると思ったのだ。しかし相手は彼の胸もとめがけて引き金をひいた。テッラルバのメダルドは空中に吹き飛んだ。

日が暮れて、休戦の幕がおりると、キリスト教徒の死傷者を集めるため、二台の馬車が戦いの跡を走りまわった。一台は負傷者用であり、他《た》の一台は死者を収容するための車だった。まず第一の選別が平原で行なわれた。「これはおれのほうで拾っておくから、それはおまえのほうで拾っておけ」少しでも助かりそうな者は、負傷者用の車に積まれた。ばらばらになった四肢は、仮の埋葬にするため拾われた。すでに死体の原形をとどめていないものは、こうのとりの餌《えさ》に残された。そのころは、味方の損失がふえるいっぽうだったので、負傷者をなるべく多く拾い集めるよう指示が与えられていた。こうして吹き飛んだメダルドの体は負傷者の車に収容された。

第二の選別は病院で行なわれた。戦いが果てたあとの野戦病院は戦場よりもさらに悲惨だった。地上には不運にも傷ついた者たちの担架が長蛇の列をなして並べられていた。そして軍医たちはピンセットやメス、針や切開用の手術器具、糸の玉などを、あわただしくつかんでは走りまわった。死体から死体へ、死者を生き返らせるために、医者はできるかぎりの力をつくした。こちらを切り、あちらを縫い、傷口にガーゼを詰め、静脈を手袋のように裏返して、そのなかに血液より糸のほうをたくさん入れ、もとに戻してから、またそれをつなぎ合わせた。負傷者が死んだ場合には、体のまだ使える部分を他の負傷者の手当てに役立たせた。その際、いちばん始末に負えなかったのは腸だった。いったん引き出すと、それはもとにおさめようがなくなってしまうからだ。

シーツをひろげてみると、子爵の体は見るも恐ろしく引き裂かれていた。まず、片腕と片脚《かたあし》がなかった。そればかりではない。失われた腕と脚のあいだの、胸部と腹部もいっさいなかった。大砲の玉を浴びてこっぱ微塵《みじん》に吹き飛んでしまったのだろう。頭にも、片目と片耳と、片方の頬と、半分の鼻と半分の口と、それに半分の額しか、残っていなかった。頭部の残り半分にはどろどろしたものしかなかった。結局、彼の体は半分だけ、つまり右半分だけしか、助からなかった。ただし助かった部分は完全に無傷な状態を保っていた。傷といえば、こなごなになった左半身との境の、巨大な切り傷があるだけだった。

軍医たちはみな満足だった。「うーん、まれに見る例だ！」もうしばらくもちこたえれば、一命を取りとめるかもしれなかった。そこで、軍医たちは手術に取りかかった。が、いっぽうでは、たった一本の矢傷を腕に受けただけで、運の悪い兵士が敗血症を起こして死んでいった。軍医たちは傷口を縫い合わせ、継ぎ合わせ、そして張り合わせた。もちろん、どういう手だてを用いたのかは、知るよしもなかった。ともあれ翌日、ぼくの叔父は片目をひらき、半分の口をあけ、片方の鼻の孔《あな》をひろげて大きく息をついた。テッラルバ生まれの強靭《きょうじん》な肉体がついに試練に耐えた。まっぷたつになりながら、彼はいま生き返った。

3

叔父がテッラルバに帰還してきたとき、ぼくは七歳か、八歳だった。すでに日は暮れて暗くなりかけていた。たしか十月だった。空はどんよりと曇っていた。その日、ぼくたちはぶどうの取り入れをしていた。果樹の列が延びてゆく先の、かなたの灰色の海に、皇帝旗をひるがえして船の帆が近づいてきた。一隻《いっせき》、また一隻、船影《せんえい》が見えるたびに、みなが言った。「こんどこそメダルドさまのお船だ」しかし、だからといって、ぼくたちが彼の帰還を待ちわびていたのではない、ほかには待つものがなかった。あのときも、遊び半分にそう言っていただけなのだ。が、日没ごろ、大きな桶《おけ》の上でぶどうを踏みつぶしていたフィオルフィエーロという名の若者が「おい、あれを見ろ」と叫んだときには、ぼくたちもそれがまちがいないことを知った。暗く消えかけた谷間の小道を、たいまつの列が揺れながら近づいてきた。やがて、それが橋に差しかかり、ぼくたちは人足《にんそく》にかつがれた担架の人影をはっきりと見た。まちがいなかった。戦場から子爵が帰ってきたのだ。

うわさは谷間から谷間へとひろがった。城の中庭に人びとが集まった。親類、縁者、召使い、農夫、羊飼い、そして剣を帯びた人たち。ただメダルドの父だけは、すなわちぼくの祖父にあたる老子爵アイオルフォだけは、姿をあらわさなかった。祖父はもう久しく中庭に姿を見せたことがなかった。この世のことには嫌気がさして、ひとり息子が戦地に向かうまえにいっさいの家督を譲ってしまっていた。いまでは、祖父の生きがいは鳥だけであり、城のなかに大きな鳥籠《とりかご》を置いて、そのなかに入って鳥を飼うことに余念がなかった。老人は鳥籠のなかに自分のベッドを運びこみ、なかに閉じこもって、昼も夜も出ようとはしなかった。召使いたちは鳥の餌《えさ》といっしょに、鳥籠の鉄格子《てつごうし》ごしに老人の食事を差し入れた。こうしてアイオルフォは鳥たちといっさいの生活を共にした。そして息子が戦地から帰るのを待ちわびながら、雉《きじ》や、雉鳩たちの背をなでては、一日を過ごしていた。

城の中庭にあのときほどたくさんの人びとが集まった光景を、ぼくは見たことがなかった。隣の地方の人たちとの争いや祭りの時代はとうに過ぎ去っていて、ぼくはそれを話にしか聞いたことがなかった。いまさらのように、壁や塔が壊れかけ、中庭が泥だらけになっているのに、ぼくは気づいた。ぼくたちは山羊《やぎ》に草を食《は》ませたり豚に水をやるためにだけあの中庭を使っていたのだ。一同は待ちわびながら、どういう状態でメダルド子爵が帰ってくるのか、話しあっていた。トルコ人に深手を負わされたという知らせはだいぶまえに届いていたが、実際にはどれほどなのか、寝たきりなのか、それともかすり傷を負った程度なのか、くわしいことはまだ誰にもわかっていなかった。そしていま、担架が近づいてくるのを見ていると、ぼくたちは最悪の事態を予想しないわけにはいかなかった。

やがて、担架が地面におろされ、黒ぐろとした影のなかに、きらりと片目が光った。年老いた乳母《うば》のセバスティアーナが大柄な体を揺すって近よろうとした。が、その影のなかから片腕が伸びて、鋭くそれを拒んだ。ついで担架のなかの体が引きつるように角張《かどば》り、激しく揺れると、ぼくたちの目の前にテッラルバのメダルドは立ちあがって、松葉杖《まつばづえ》に身を支えていた。頭のてっぺんから地面まで、頭巾《ずきん》つきの黒いマントが垂れていた。マントの右側は背後に投げやられ、顔半分と細身の腰が杖に支えられているのが見えた。が、左半分は幅広いマントのひだとへりとに包まれて何も見えなかった。

人垣の輪のなかで彼は、一瞬、ぼくたちを見つめた。が、誰もひとことも声を出さなかった。いや、おそらく彼はぼくたちを見つめたのではなく、すぐにぼくたちを離れようとしたのだろう。海のほうから一陣の風が吹いてきて、いちじくの梢《こずえ》の枯れ枝が音をたてて折れた。叔父のマントの裾《すそ》がはためき、風をはらんでふくれた。叔父はそれを帆のように押さえたが、風は彼の体を吹き抜けてゆくかに見えた。いや、彼の体はなかった。そしてマントは亡霊のようにうつろだった。さらによく見れば、旗竿《はたざお》に巻きつく布のように、それはすがりついていた。そして旗竿にあたる部分は、彼が杖にもたせかけていた片方の肩から片腕、脇腹、片脚へかけての、彼の半身のすべてであった。つまり、残る半身は何もなかった。

羊の群れはうつろな眼差《まなざ》しで子爵を見つめ、ひしめきあい、一頭一頭がちがった方角に鼻先を向けながら、ぐるぐると輪を描いて、奇妙な鋭角を作りつつ背を寄せあった。最も敏感な動物である豚は、腹をぶつけあって、悲鳴をあげながら、逃げ出した。ぼくたちも、もはや驚きを抑えきれなかった。「息子よ！」乳母のセバスティアーナが叫んで両手を上げた。「かわいそうな息子よ！」

ぼくたちの心にそのような感情を呼びさましたことに困惑して、叔父は地面に松葉杖の先を突き立て、コンパスで測るように、城の入口に向かった。だが、正面の石段の上には担架の人足たちが脚《あし》を組んですわっていた。なかば裸のその荒くれ男たちは金の耳飾りをつけ、頭を剃《そ》りあげて、そのうえ尻尾のような髪の毛を生やしていた。彼らは行く手に立ちはだかった。そして頭目《とうもく》とおぼしい編み毛のひとりが言った。

「わっしらは駄賃がいただきたいんです、だんな」

「いくらだ?」メダルドがたずねた。その声は笑いをふくんでいるみたいに聞こえた。

編み毛の男が言った。「担架の運び賃がいくらかは、だんなのほうがよくごぞんじでしょう……」

叔父は帯のあたりから財布を抜き取り、それを人夫頭《にんぷがしら》の足もとに音をたてて投げ出した。相手は重さをちょっと量ってから、大声を張りあげた。「これは相場よりだいぶ安いじゃありませんか、だんな!」

マントの裾を風にはためかせながら、メダルドが言った、「半分だ」相手を押しのけ、片脚で小さく跳ねるように石段をのぼって、彼は城の内側にひらかれた大きな門のなかへ入った。そして振り返りざまに松葉杖の先で両びらきの扉を押した。すると大きな城門は激しい音をたてて閉まり、脇の半びらきのくぐり戸がなおも小さな音をたてて揺れつづけ、そのかげに彼の姿は消えていった。内側からは松葉杖と片脚とを交互に踏みしめる音がしばらく聞こえていたが、やがてそれは彼が寝泊まりする城の片翼《かたよく》のほうへ移っていった。そしてそこでも、激しく扉を閉める音と、錠をおろす音とが、鳴り響いた。

鳥籠の鉄格子のかげに身を硬くしながら、父親は彼を待っていた。しかしメダルドは挨拶の声さえかけなかった。そして自分の部屋にひとり閉じこもったまま、彼を慰めようと長いあいだドアを叩《たた》きつづける乳母のセバスティアーナの前にも、姿をあらわそうとせず、またそれにこたえようともしなかった。

年老いたセバスティアーナは黒ずくめの衣裳にヴェールをかぶった大柄の女だった。彼女のつややかなばら色の顔には、一本だけ、両目をおおい隠すばかりに深いしわが刻まれていた。彼女はテッラルバ家のすべての若者たちに乳を与え、すべての年寄りたちと寝起きを共にし、すべての死者たちのまぶたを閉じてやってきた。その彼女もいまはそれぞれに閉じこもったふたりの男の部屋から部屋をむなしく往《ゆ》きつ戻りつするのだった。彼女にはすでに手のくだしようがなかった。

翌日になっても、メダルドはいっこうに生きている気配を見せないので、ぼくたちはふたたびぶどう摘みに戻った。が、かつての陽気な気配は影をひそめ、ぶどう畑は悲しい彼の運命の話でもちきりだった。といっても、誰かが彼に同情したのではない。ただ、話が面白そうで謎めいているからにすぎない。城には乳母のセバスティアーナがひとり残って、ようすをうかがいつづけた。

しかし年老いたアイオルフォは、息子がそのように悲しくも野蛮な性質になって帰ってくることを予測していたのであろうか、いちばんなついていた小鳥に、かなりまえから芸を仕込んでおいた。それは一羽のもずだった。いまでこそメダルドの部屋にあてられていたが、長いこと空室になっていた、その城の一翼《いちよく》まで、老人は小鳥を飛ばして小窓から部屋のなかへ入りこませることができた。その朝も、彼はもずのために入口を開けてやり、それが息子の部屋まで飛んでゆく姿を目で追った。それから、ふたたび鳥たちの鳴き声をまねながら、かささぎや、やまがらに、餌をまいてやった。

しばらくすると、布張りの屋根に何か投げつけられる物音がした。身を乗り出して見ると、軒先にもずの死骸があった。それを老人は両手のくぼみに拾いあげた。もずは、引きちぎられたように片翼をもがれ、片足をむしり取られ、そのうえ片目をえぐり取られていた。老人はもずをひしと胸に抱き、声をたてて泣いた。

その日から彼は床《とこ》についた。召使いたちが鳥籠の鉄格子ごしにうかがっただけでも、容態は非常に悪かった。が、老人は籠のなかに鍵を隠して、入口を固く閉ざしていたから、誰もなかに入ることができなかった。老人のベッドのまわりにはさまざまの鳥たちが飛んでいた。彼が床についたときから、鳥たちはにわかに飛びまわり、片ときも翼を休めようとはしなかった。

翌朝、乳母が鳥籠に近づいて、のぞきこむと、アイオルフォ子爵は死んでいた。波間に漂う一本の丸太に止まるように、小鳥たちが一羽残らず彼のベッドの上に止まっていた。

4

父の死後メダルドは城を出るようになった。最初にそれに気づいたのは、やはり乳母のセバスティアーナだった。ある朝はやくのぞいてみると、ドアというドアが開け放たれ、どの部屋にも人影がなかった。従僕の捜索隊が派遣され、野に山に子爵の足跡を追った。従僕たちの群れは日暮れどきに、まだ酸っぱい遅なりの実をたわわにつけた一本の梨《なし》の木の下を通りかかった。「あれを見ろ」とひとりが叫んだ。淡い暮れ方の空にかかった、それらの実を見たとき、彼らは恐怖に取りつかれた。なぜなら実はどれひとつとして丸くなく、すべてがまっぷたつに切り落とされ、かろうじてそれぞれの柄《え》にぶら下がっていたからだ。しかも、どの梨も右半分しかなかった（あるいは見る者の位置によっては左半分しかなかった。いずれにせよ片側しか残っていなかった）、そして他《た》の半分は切り落とされたのか、あるいはかじりとられたのか、跡形もなく消えていた。

「子爵はここを通ったぞ！」従僕たちは言った。きっと、何日も部屋にこもって絶食をしたあとだから、飢えに襲われ、その夜、最初に出合った木にのぼって、梨の実を食べたにちがいなかった。

さらに進むと、従僕たちは石の上にまっぷたつにされた蛙《かえる》が跳ねているのを見つけた。根強い生命力のおかげで、蛙はまだ生きていた。「この道を通っていったにちがいない！」そして彼らは追跡をつづけた。しかし茂みのあいだでメロンの実が半分になっていないのを見ると、道をまちがえたことに気づいて、彼らは引き返した。

こうして彼らは畑から森に入った。すると、まっぷたつのきのこが見つかった。あみがさたけだった。もうひとつ、紅色の毒あみたけも見つかった。さらに進んでゆくと、森のなかで、つぎつぎに、片方の傘だけひろげた、半分のきのこが見つかった。いずれも鋭い刃物でまっぷたつにされたらしいのだが、残る半分は影も形もなかった。ほこりたけ、おおべにたけ、はらたけ、そのほか、ありとあらゆるきのこが、まっぷたつにされていた。しかも毒きのこと、食用きのことが、ほぼ半々に混ざっていた。

こういうぐあいに、ばらまかれた足跡をたどってゆくと、従僕たちは《修道女の牧《まき》場《ば》》と呼ばれる草原に着いた。そこには緑の草に囲まれたひとつの沼があった。夜はすでに明けかかって、岸辺に立つメダルドのほっそりとした姿が、黒いマントに包まれたまま、水面に影を落としていた。そして白や、黄や、土色のきのこが、水の上に浮かんでいた。残り半分のきのこだった。いま、それらは透明な水の上にまき散らされている。水に浮かぶと、きのこはもとの姿を取り戻したように見えた。それらの影をじっと子爵は見つめた。従僕たちは沼の対岸に隠れたまま、物も言えずに、水面に漂うきのこをじっと見つめた。やがて彼らはそれらが食べられるきのこばかりであることに気づいた。すると毒きのこは？　毒きのこを沼に投げこんでいないとしたら、どうしたのだろう？　従僕たちはあわてて森へ引き返した。そう遠く行かないうちに、森の小道で籠《かご》をかかえた少年に彼らは出会った。籠のなかにはまっぷたつにされた毒きのこがいっぱい入っていた。

その少年というのがぼくだった。ぼくはその夜、ひとりで《修道女の牧場》を遊びまわっていたが、木陰を抜け出したとき、驚いてしまった。月の光にぬれた草原で、いきなり一本脚の叔父さんが姿をあらわしたからだ。見ると、片腕に籠を下げていた。「チャオ、叔父さん！」ぼくは叫んだ。それがぼくらの交《か》わした最初の言葉だった。一瞬、彼はぼくの姿にとまどったみたいだった。「きのこ取りに来たんだよ」と叔父はぼくに打ち明けた。

「取れましたか?」

「ごらん」と彼は言った。ぼくたちは沼のほとりに腰をおろした。叔父はきのこを選《え》りわけ、いくつかを水に投げ、残りを籠に戻した。

「おまえのだよ」と言って、選りわけたきのこの籠を、叔父はぼくにくれた。「フライにしてみな」

なぜ半分のきのこばかり籠に入っているのか、ぼくはたずねてみたかった。が、その質問は失礼にあたるだろう。それぐらいの分別は、ぼくにもあったから、ありがとうとだけ言ってその場を駆け去った。それをフライにしようと急いでいると、ぼくは従僕たちの群れに出会った。そしてそれがみな毒きのこであることを知らされた。

乳母のセバスティアーナは、話を聞き終わると言った。「メダルドの悪い半分が帰ってきたのだ。今日の裁判もどうなることやら」

その日は、前の日に城の警備隊に捕えられた、山賊の一味の裁判が行なわれることになっていた。山賊は土地の人間だったから、それを裁くのは子爵の権限だった。裁判がはじまると、メダルドは半身《はんみ》にかまえて椅子にすわり、しきりに爪を噛んでいた。

そこへ鎖に縛られた山賊たちが引き出された。一味の頭《かしら》はフィオルフィエーロという名の、ぶどうを踏みつぶしながら、桶《おけ》の上から最初に子爵の担架を見つけた、あの若者だった。被害者側が出頭した。トスカーナ地方の騎士たちだった。プロヴァンスへ向かう途中、ぼくたちの地方の森を通りかかったさい、フィオルフィエーロの一味に襲われて所持品を奪われたというのだった。フィオルフィエーロは相手がこの地方の密猟者であると主張して、申しひらきをした。彼らが密猟者であることに城の警備員たちは気づかなかったから、自分たちが独断で彼らを立ち止まらせ、武装を解除させたのだ、と申したてた。当時は、一般に罰則が軽かったから、山賊行為はかなり頻繁に行なわれていたようである。そのうえ、ぼくたちの地方は山賊をするのに向いていた。それで、ぼくの家の親戚にも、世相が乱れたときには、山賊の群れに入る者が少なくなかった。そして山賊行為は一般に最も軽い犯罪であるということになっていた。

しかし乳母のセバスティアーナの心配は事実となってあらわれた。メダルドはフィオルフィエーロとその一味を強盗の罪で縛り首の刑に処すると宣告した。また被害者側は密猟の罪によって同じく縛り首の刑に処すると宣告した。さらにまた密猟者の悪事に気づかず山賊行為を予測しえなかった警備員たちは、はなはだしい職務怠慢の罪によって、やはり縛り首の刑に処すると宣告した。

死刑を宣告された者たちはぜんぶで二十名にも達した。この残虐な宣告に、居合わせた人びとは茫然《ぼうぜん》とした。そして、はじめて顔を見たトスカーナの人たちにも、またお人好しの警備員や、山賊たちにも、深い同情の悲しみを覚えた。馬具商兼車大工《けんくるまだいく》のピエトロキョード親方に絞首台を作る仕事が請け負わされた。彼はどんな仕事にも手を抜かない、実直な、腕のたつ職人だった。死刑が宣告された者のなかにふたりも自分の親戚がいたから、ひどく苦しみながら、彼は立ち木のように枝分かれした絞首台を作った。それは、巻きあげ機のハンドルひとつで、縛り首の縄が一度に持ちあがるようにできていた。また、非常に精巧で、大仕掛けな機械だったから、今回の死刑囚よりはるかに多い罪人を一度に処罰することも可能だった。そこで子爵は、罪状ごとに、それぞれ十四の猫を同時に縛り首の刑にすると宣告した。長々と伸びた彼らの死体と猫の死骸とは三日のあいだ風に揺れていた。はじめのうちは誰もそれをまともに見られなかった。が、すぐに人びとはそれが威厳に満ちた光景であると思うようになった。そしてぼくたちの判断もそのときどきの気分に乱れて、しまいには死骸を取りはずしたりその大きな機械を壊すのが惜しいと思うようになってしまった。

5

そのころ、ぼくには幸せな日々がつづいていた。ぼくはいつもトレロニー博士と森のなかを歩きまわって、巻き貝の化石を探すのに余念がなかった。トレロニー博士はイギリス人だった。船が難破して、彼はボルドー産のぶどう酒樽《だる》にまたがり、ぼくたちの地方の海岸に流れついた。彼は生涯、船医だったから、危険に満ちた遠洋航海にもたびたび出かけていたし、有名なキャプテン・クックの南太平洋航海にも乗り組んでいた。といっても、博士は下の船室でトランプばかりしていたから、世間のことはほとんど知らなかった。ここの海岸に漂着したときも、すぐにこの地方で《カンカローネ》と呼ばれている、いちばん辛口の、濃いぶどう酒の味を覚えて、それからあとはそれなしではいられなくなった。そして酒を入れた木筒をいつも斜めに背負って歩きまわっていた。彼はテッラルバにそのままとどまり、ぼくたちの医者になったが、病人の診察はろくにしなかった。そしていっぷう変わった彼の科学的研究に没頭し、昼も夜もぼくといっしょに森や野原を歩きまわっていた。彼の研究の最初の対象はこおろぎの病気だった。それは見かけはなんともないが、千に一匹の割合でこおろぎがかかる、判別のむずかしい病気だった。トレロニー博士はこれにかかったこおろぎを残らず集めて、その正しい治療方法を発見しようと、心をくだいた。ついで、彼はぼくたちの地方が海底にあった時代の証拠を蒐集《しゅうしゅう》することに熱中した。こうして、大昔には魚だったという小石や珪石《けいせき》を、ぼくらはたくさんかついでまわった。そのつぎが、最後にして最大の情熱を彼が注いだ、人魂《ひとだま》の研究だった。彼はまず人魂をつかまえ、その保存方法を見つけようとつとめた。それゆえ、ぼくらは墓場を走りまわって毎晩を過ごした。雑草におおわれて傾いた墓石のかげから、ぼんやりと鬼火が燃えあがるのを、しんぼうづよくぼくらは待った。人魂が出ると、なるべくそれが近づくのを見はからい、あとを追いかけて、消えないように注意しながら、袋やフラスコや、ぶどう酒の空瓶《あきびん》や、懐炉《かいろ》やスープ濾《こ》しなど、適当な容器に捕えるのだった。トレロニー博士は墓場近くのあばら屋に住んでいた。それは、栄華と戦争と疫病とがあいつぐ時代に、つねに変わることなく墓掘り人夫が使ってきた小屋だった。博士はそのなかに彼の実験室を移して、人魂を保存するためのさまざまな形の試験管やそれを捕獲するための網を並べた。それからまた、墓場の土や死体の臭気からどのようにしてあの青白い炎が生まれ出るのかを細かく研究するため、るつぼや蒸留装置を運びこんだ。しかし彼はあまり研究熱心なたちではなかったから、すぐに飽きて、また新しい奇妙な現象をもとめて歩きまわることになった。

そのころ、ぼくは空気のように自由だった。なぜなら、ぼくには両親がいなかったし、それにぼくは主人の側にも使用人の側にも属していなかったからだ。ぼくはテッラルバ家の一員ではあったが、それもだいぶんあとになってからそうだと認められたので、ぼくは彼らの姓を名前にかぶせていなかった。そしてぼくを教育しようと思う者もいなかった。ぼくの母はアイオルフォ子爵の娘で、メダルドには姉にあたったが、のちにぼくの父となった密猟者と駆け落ちをして家名を傷つけたため、肩身の狭い女になっていた。ぼくは森の下の荒れ地の、密猟者の小屋で生まれた。それからいくらもたたぬうちに、父は争いごとで命を落とし、母はそのみじめな小屋で癩病《らいびょう》に冒されながら、哀れな一生を閉じた。そのとき、祖父のアイオルフォの慈悲で、ぼくは城に引きとられたのだった。そしてぼくは乳母のセバスティアーナに育てられた。いままでも覚えているが、メダルドがまだ少年で、ぼくが小さな赤ん坊だったころ、彼はぼくを同じ身分の者として遊び仲間に入れてくれた。しかし、その後ぼくたちをへだてる距離はひろがり、ぼくは召使いたちと同じ身分にとどまった。だからぼくはいま、生まれてはじめて、仲よしの友だちとしてトレロニー博士を見つけたのだった。

年こそ六十歳だったが、この医者の背の高さはぼくと同じぐらいだった。顔は乾いた栗《くり》のようにしわが寄って、かつらをつけ、その上に三角帽をかぶっていた。腿《もも》のなかばまで達する、革の長靴をはいていたから、両脚《りょうあし》はこおろぎの脚のように不つりあいに長く見えた。しかも彼の大股の歩きかたが、その感をいっそう強めた。赤い裏地をつけた、鼈甲色《べっこういろ》のフロックコートを着て、肩には《カンカローネ》の酒の木筒を斜めにかけていた。

彼が人魂の研究に熱をあげていたころ、近くの村の墓地へ行くため、ぼくらはしばしば夜なかに遠征をした。なにしろ、ぼくたちの荒れた墓地でとれる火の玉よりも、はるかに形も大きく、色もきれいなやつが、飛び出してくるからだった。しかし、採集の現場を見つけられたりすると、一大事だった。あるとき、墓場泥棒とまちがえられたときなどには、鉈鎌《なたがま》や三《み》つ又《また》を手に手に握った男たちに、数マイルも追いまわされた。

ぼくらは、とある険しい崖の谷間に、差しかかった。トレロニー博士とぼくは必死になって岩から岩をよじ登ったが、怒り狂った村人たちは足音をたてて、ぼくらの背後に迫ってきた。《あかんべえのひと跳び》と呼ばれる地点で、深い谷間をよぎって、小さな木の橋が渡してあった。ぼくと医者はその丸太を組んだ橋を渡らずに、奈落の上に突き出た、小さな岩陰に身を隠した。と、たちまちに、村人たちが殺到してきた。ぼくらの姿を見失って、彼らは口ぐちに叫んだ。「どこへ消えやがった、ろくでなしどもめ?」そして一気に橋を駆け渡ろうとした。すると激しい音をたてて丸太が折れ、彼らは悲鳴をあげながら、下の急流へとまっさかさまに呑みこまれていった。

トレロニーとぼくはあやうく難をまぬがれ、まず、切迫した恐怖心が消えて、それが安堵《あんど》に変わったが、つぎの瞬間には、追跡者たちに降りかかった悲惨な顚末《てんまつ》を目《ま》のあたりにして、新たな恐怖にとらえられた。ぼくらはかろうじて身を乗り出し、村人たちが消えた暗闇をのぞきこんだ。それから目を戻して、橋の残骸を見た。橋げたはしっかりと組まれていたが、まんなかのあたりだけが、のこぎりで切り落とされたように跡形もなかった。太い木材があのように折れるはずはなかった。

「わしには誰の仕業《しわざ》かわかる」と、トレロニー博士が言った。ぼくにもわかっていた。

その証拠に、早駆けのひづめの音が聞こえて、崖の端《は》に黒いマントに半身を包んだ馬上の騎士が姿をあらわした。メダルド子爵だった。冷たい三角形の笑いを浮かべ、恐ろしい罠《わな》が成功したようすを、彼はじっと眺めていた。しかしそうなろうとは、彼も思っていなかったのではないか。なぜなら、彼が殺そうとしたのは、ぼくらふたりだったから。逆に、彼はその罠でぼくらを救ってしまった。ぼくらはまるで二匹の仔《こ》山羊《やぎ》のようにふるえながら、あの痩せた馬が岩づたいに駆け去るのを見送った。

そのころ、ぼくの叔父はいつも馬に乗って歩きまわっていた。馬具商のピエトロキヨードに特殊な鞍《くら》をあつらえさせ、片側に自分の体をベルトで留めて、反対側には錘《おもり》をつけた。鞍の脇には剣と松葉杖とを吊《つ》るしていた。それから、ひろげた鳥の尾のような羽の帽子をかぶって、子爵は馬にまたがった。ひるがえるマントの下で彼の体はいつも半分しか見えなかった。そのひづめの音が聞こえると、人びとは癩患者のガラテーオが通るときよりもさらに恐れて、逃げ出した。彼らは子供や家畜を家のなかに引き入れ、子爵が通り過ぎるのを待った。彼の悪業はいつ誰にどんな形で襲いかかってくるとも知れなかったからだ。

彼は決して病気にかからなかったので、トレロニー博士の世話になることもまずなかった。しかし、万一そんな場合がきたら、あの医者はどうやってその難を逃れようとするだろうか。彼はことごとにぼくの叔父を避け、声さえ聞くまいとしていた。話が子爵の身や残忍な彼の行為のことになると、トレロニー博士は首を横に振って、唇をふるわせながらつぶやくのだった。「おお、おお、おお！……しっ、しっ、しっ！」それは嫌な話を聞いたときの、彼のくせだった。そして話題を変えるために、キャプテン・クックの航海の思い出話をはじめたりした。あるとき、あんな体で叔父がどうして生きていられるのか、医者としての意見を聞かせてくれ、とぼくがたずねると、このイギリス人は、やたらにぼくに繰り返すのだった。「おお、おお、おお！……しっ、しっ、しっ！」ぼくの叔父の場合は、博士にとって医学上の関心の対象にさえならなかったようである。けれどもそのころから、ぼくは考えこむようになった。彼が医者になったのは、親の言いつけとか、何かそういった都合から、だったのではないか。だいいち、彼は医術にほとんど関心をもっていなかった。船医としての彼の経歴も、博士がトランプの名手であったからだけではないか。その点にかけては、たしかにキャプテン・クックをはじめ、名高い海の男たちがひとり残らず彼の好敵手だった。

ある晩、ぼくたちの墓地で、トレロニー博士が人魂の網をふるっていると、目の前にテッラルバのメダルドが姿をあらわした。墓石に生えた草を馬に食べさせていたのだ。博士は胆《きも》をつぶして、ひどく取り乱したが、子爵のほうはおかまいなしに相手に歩み寄って、まっぷたつにされたあの口から、聞きとりにくい声を出して、たずねた。「あなたは、蛾《が》でも採集しているのですか、博士?」

「おお、わが君」医者は蚊の鳴くような声でこたえた、「おお、おお、蛾ではありません、わが君……人魂です、おわかりですか? 人魂……」

「そうですか、人魂ですか。わたしもときどきその発生源を考えることがある」

「かねてから、ささやかながら、わたしの研究課題にしておりますので、わが君……」相手の好意的な声の調子に少し元気を取り戻して、トレロニーが言った。

メダルドは頭骸骨に皮一枚を張りつけたような半面の顔を苦しげな微笑に引きつらせた。「研究者として存分に援助をつかわすぞ」と彼は言った。「このように荒れはてているところを見ると、この墓地は人魂をつかまえるにはあまり適しておるまい、気の毒に。だが、約束してつかわそう、明日はきっとわたしにできるだけのことをしてやるから」

翌日は裁判の日だった。城に納めるべき作物を計算どおりきちんと差し出さなかったという理由で、子爵は農民十名に死罪を与えた。死体はぼくたちの共同墓地に埋められた。そしてしばらくは、人魂が夜ごとに墓場にあらわれた。トレロニー博士はいくら自分の研究に役立つとはいえ、この援助にふるえあがってしまった。

こういう悲しい事件が起こるたびに、ピエトロキョード親方は絞首台を作るため、いっそう完璧に彼の腕をふるわねばならなかった。車大工《くるまだいく》としても、機械工としても、彼のすぐれた製品はすでにいくつか世に送り出されていた。絞首台ばかりでなかった。メダルド子爵が犯人の口を割らせるために使う木馬、巻きあげ機など、いくつかの拷問装置も、彼が作った。ぼくはピエトロキョードの店へよく出かけた。じつにたくみな、そして情熱のこもった、仕事場の光景は、ぼくの目に美しくさえ見えた。しかしこの馬具商の胸のなかには、いつも刺《とげ》がささっていた。彼が工夫して作るものは、すべて無実な人びとの責め具になる。《おれは、どうしたらいいんだ》と彼は心のなかで叫んだ。《これと同じようにたくみな仕掛けで、これとはちがった目的の道具を作るためには？　おれが心から喜んで新しい機械を作るためには？》しかし、はかばかしい答えは出てこなかったから、彼はその疑問を頭のなかから追いはらおうとして、作りかけの機械をさらに完全に、さらに美しいものにするしかなかった。

「なんのために使うかは、忘れるんだ」と、彼はぼくにも繰り返した。「いいか、仕掛けだけをよく見るんだぞ。どうだ、すばらしいだろう？」

ぼくは組み立てられた横木をじっと見つめた、それからのぼりおりする綱を、またそれに付随する滑車や、巻きあげ機を。そしてそこに吊るされる死体のことは、考えまいとした。が、そうすればするほど、ぼくは思い出してしまうのだった。ぼくはピエトロキョードに言った、「どうしたらいいんだろう？」

「ほんとうにどうしたらいいんだろう、坊や」と彼もあいづちを打った、「いったい、どうしたらいいんだろう？」

しかし心の痛みと恐怖とがあったにせよ、あのころは、あれなりに喜びもあった。朝日が高くのぼり、海が黄金色《こがねいろ》に輝き、めんどりたちが卵を生んだことを告げて鳴きさわぐころは、とくに美しいひとときが訪れた。すると村の小路《こうじ》に癩患者の角笛《つのぶえ》が響いてくるのだった。その男は、毎朝、不幸な仲間たちのために托鉢《たくはつ》に来た。彼の名はガラテーオといい、首から角笛を吊るしていた。その音が聞こえれば、彼が近づいてくることを知らせていた。女たちは角笛を聞くと、土塀《どべい》のかどに卵や、瓜《うり》や、トマトや、ときには皮を剥いだ兎《うさぎ》の肉のかけらなどを置いた。それから子供たちの手を引いて、逃げるように立ち去った。癩患者が通るときは、誰も道に残っていてはならなかった。癩病は遠くからも感染するし、姿を見るだけでも危険だと思われていた。先触れの角笛を鳴らして、片手に丈の高い杖を握りしめ、ひとけのない小路を、ガラテーオはゆっくり、ゆっくりやって来た。長い上衣《うわぎ》はすっかりちぎれて、裾が地面に垂れていた。伸びほうだいの髪は麻くずのように黄色く乱れ、色白の丸顔はすでに癩病のためにくずれかけていた。彼は贈り物を拾い集め、それを背負《せお》い籠《かご》に入れては、姿を隠した農夫たちの家々に向かって感謝の言葉を叫んだ。その蜜《みつ》のように甘い声を聞くと、ぼくたちは何かおかしなことを、あるいはよこしまなことを、いつも思い描いてしまうのだった。

そのころは海ぞいの各地で癩病がひどくはやっていた。ぼくたちの村の近くに、

《きのこ平《だいら》》という小さな部落があり、そこには癩患者ばかりが住んでいた。ガラテーオが集めにくる品物をとおして、ぼくたちはそこの人びととわずかに交信を保っていた。海で働く人や畑で働く人のなかから癩患者が出ると、その人は肉親や友人を離れて、《きのこ平》に行き、そこで病にむしばまれながら残る一生を送るのだった。新しい仲間が着いたときには、それを受け入れるための祭りが盛大に行なわれる、という話だった。その証拠に、遠くの癩患者の家からは夜更けまで楽器や歌声が聞こえてきた。

健康な人間はまだひとりも行ったことがなかったが、《きのこ平》については、いろいろなうわさが流れていた。しかし、あそこでは酒盛りが永遠につづいているという点で、意見は一致していた。癩患者の避難所になるまで、そこの部落はあらゆる宗教とあらゆる民族の船乗りたちの集まる、娼婦の巣窟《そうくつ》だった。そのため、そこの女たちはまだ当時のみだらな習慣を残しているらしかった。癩患者が大地を耕すことはなかったが、いちご畑は例外だった。そして作るいちご酒のおかげで、彼らは一年じゅうほろ酔いきげんをつづけることができた。彼らの最大の関心事は自分たちで考え出した奇妙な楽器を鳴らすことだった。それはハープに似て、弦にたくさんの鈴が吊るしてあった。その音に合わせて、彼らは裏声で歌い、一年じゅう復活祭がつづいているかのように、ちびた絵筆で卵を色とりどりに塗っていた。こうして、この世のものとは思われぬ甘美な音楽に身をとろけさせ、くずれた顔のまわりにジャスミンの花環《はなわ》を飾って、病気のために引き離された人間社会のことを、彼らは忘れようとするのだった。

医者は誰ひとりとして癩患者の診察をしようとはしなかった。しかし、トレロニーがぼくたちのあいだに住みついたときには、彼の科学知識を傾けてぼくたちの地方の傷ともいうべきあの病気をなおしてくれるのではないか、という希望を、少なからぬ者がいだいた。ぼくも幼ごころにそういう希望をいだいたひとりだった。というのも、しばらくまえから、なんとかして《きのこ平》に入りこみ、癩患者の祭りにまぎれこんでみたい、という望みを強くいだいていたからだ。そしてもしも博士が彼の発明した新しい薬をあの不幸な人びとに与えようとするならば、きっと、ぼくを連れてあの村に入りこむ機会がめぐってくるだろう。が、そのような事態は起こるはずもなかった。なぜなら、トレロニー博士はガラテーオの角笛を聞くがはやいか、尻に帆をかけて逃げ出したからだ。彼ほど感染を恐れた人間はいなかったのではないか。ぼくはおりを見ては、あの病気の性質について、彼にたずねてみた。が、《癩病》というひとことを聞いただけで、彼は顔色を変え、一時逃れの、ごまかしの返事ばかりをした。

結局、なぜあれほどまでに、ぼくたちは彼を医者と思いこもうとしたのだろう。彼は動物や小さな生き物や、石ころや、自然現象に対しては、なみなみならぬ関心を示したが、人間とその病気については、ただ嫌悪と恐怖とをいだいただけだった。彼は血が恐ろしかったのだ。動物にさわるときにも恐るおそる指先を伸ばした。ましてや重傷の患者を前にしたときには、酢にひたした絹のハンカチを鼻にあてるありさまだった。彼は裸の患者を見ると、少女のように頰を染めた。そして相手が女だと、目を伏せたきりで、ろくにものも言えなかった。博士は長い航海で五つの大洋をめぐってきたにもかかわらず、女のひとについては何も知らないようすだった。幸いに、あのころ、ぼくたちの地方では、どこの牧場《まきば》に行っても、忙しいのは産婆だけで、医者の用事はまずなかった。だいいち、そうでなければ、どうして彼があんなに仕事をしないで過ごせただろうか。

ぼくの叔父は放火を思いついた。ある夜、突然、貧しい農家の干し草置き場が燃えた。枯れ木が、森ぜんたいが、赤く燃えあがった。そういうときには、夜明けまで、人びとは手から手へバケツの水を渡しあって消火につとめた。罹災者《りさいしゃ》は貧しい者ばかりで、厳しくなってゆくいっぽうの不当な命令や倍額にされた租税のために、子爵に対してなんらかの言い分をもっている人たちだった。そのうちに、物を燃やすだけでは飽きたらずに、彼は住居にまで火を放つようになった。どうやら、夜の闇にまぎれて近づき、まっ赤な火口《ほくち》を屋根に投げあげると、すぐに馬で逃げ出すらしかった。しかし現場を押さえた者はいなかった。あるとき、老人がふたり死んだ。またあるときは、皮を剝がれたような髑髏《どくろ》を残して、若者が死んだ。農民たちのなかには彼に対する憎悪が日ましにつのっていった。最も徹底した彼の敵は《寒さが丘》の貧しい部落に住むユグノー教徒の家族たちだった。そこでは、予想される火災を防ぐため、男たちがひと晩じゅう交代で見張りに立った。

これといった理由もなく、ある夜、叔父はわら屋根ばかりの《きのこ平》の家々の下まで入りこみ、そこに火と油とを投げた。癩患者は、病気の性質上、やけどを負っても痛みを感じなかったから、たとえ眠っているまに火を放たれても、目が覚めることはなかっただろう。しかし、馬で逃げる途中、子爵は、村からヴァイオリンの悲しい調べが聞こえてくるのを耳にした。《きのこ平》の住民たちは彼らの遊びに夢中で、夜更かしをしていたのだ。彼らはひとり残らずやけどを負ったが、誰もそれに苦痛を感じなかった。そしてひたすら彼らの楽しみにふけっていた。火はすぐに消えた。彼らの家も、おそらく彼らの体と同じように、癲がしみこんでいたので、炎の被害をさして受けなかったのであろう。

メダルドの悪業は自分の所有物である城にまで向けられた。火の手はまず召使いたちが住む城の片翼《かたよく》で上がり、内部に閉じこめられた者たちの激しい悲鳴を包んで燃えさかった。そのとき、野原を駆け去る子爵の姿が見えた。自分の乳母であり、代母でもある、セバスティアーナを亡きものにしようとした、彼の悪だくみだった。幼い日のことを知っているため大人を子供あつかいしつづける女のかたくなさで、セバスティアーナは悪事をはたらくたびに子爵を非難した。そして彼の性質がもはや取り返しのつかぬ異常な残忍さに片寄ってしまったことを、すべての人間が認めてあきらめたあとでも、彼女だけは非難をやめなかった。セバスティアーナは命からがら、黒焦げの壁のあいだから救い出された。しかし全身のやけどがなおるまで、長いあいだ床《とこ》につかねばならなかった。

ある夕方、彼女の寝ている部屋の扉が開いて、ベッドの脇に子爵が姿をあらわした。

「乳母よ、あなたの顔のそのひどいしみは、どうしたのだね？」やけどの痕《あと》を指さしながら、メダルドが言った。

「息子よ、あなたの悪事のしるしではありませんか」老女は落ち着いた声で言った。

「皮がむけ肉がくずれている。乳母よ、あなたはなんの病気に取りつかれたのだ？」

「息子よ、あなたが悔い改めないかぎり、地獄で待ち受けているあなたの傷にくらべたら、こんなものは傷のうちにも入りませぬ」

「はやくなおさなければいけない。あなたがこんな病気にかかったなんて、人には知られたくないことだ……」

「わたしは自分の体を大切にするため、結婚さえしないのです。わたしには正しい心さえあれば充分です」

「ところが、あなたを連れていきたいと婚約者がお待ちかねだ、知らないのかね？」

「息子よ、年寄りをからかうものではありません、あなたのほうこそ傷つきやすい青春を過ごしてきたのではありませんか」

「からかってなんかいませんよ。よく聞いてごらんなさい。窓の下であなたの婚約者が笛を吹いているから……」

セバスティアーナが耳をすますと、城の外から癩患者の角笛が聞こえてきた。

その翌日、メダルドはトレロニー博士を呼びにやった。

「どうしたわけか、疑わしげな斑点が、わたしたちの乳母の顔に出た」と、彼は医者に言った。「癩病ではないか、とみなが恐れている。博士よ、あなたの英知にまかせる、よきに計らってくれ」

トレロニーは頭を下げながら、つぶやくように言った。「かしこまりました、殿下……何もかもご命令どおりに、殿下……」

トレロニーは後ろを向いて、泥棒猫のように城を抜け出した。そして《カンカローネ》の酒を入れた木筒を持って、森のなかへ姿を消した。それからあとは、まる一週間も姿を見せなかった。彼が帰ってきたときには、乳母のセバスティアーナは癩の村へ送られたあとだった。

彼女は黒い服に黒いヴェールをまとい、荷物を入れた籠を片腕にとおして、ある日暮れに、城を出た。自分に降りかかった運命が彼女にはわかっていた。《きのこ平》への道を歩まねばならなかったのだ。住みなれた部屋に彼女は別れを告げた。廊下にも階段にも人影はなかった。下へおりて、中庭を横切り、野原に出た。あたりは荒涼として、彼女が通りかかると、人びとはみな引きこもって隠れてしまった。狩りの角笛が低くものうく合図の音を鳴らした。行く手の小道にガラテーオが姿をあらわし、口にあてた楽器を空に向けた。乳母は重い足取りで進んだ。小道は日没の太陽に向かって延びていた。ガラテーオはしばらく彼女の先を歩いていたが、茂みのかげに唸《うな》るくまん蜂《ばち》の羽音に聞き入るように、ときどき立ち止まっては、また角笛を上げて、悲しい調べを吹き鳴らした。乳母はいま別れを告げつつある畑や岸辺をじっと見つめた、そして垣根のかげで彼女から遠ざかる人びとの足音に耳を傾けながら、また歩き出すのだった。いまや彼女はひとりきりでガラテーオのあとを少し離れて歩いていた。やがて乳母は《きのこ平》に着いた。すると、彼女の後ろで村の鉄格子の門が閉まり、蜂の羽音とヴァイオリンの音が鳴り出した。

トレロニー博士は激しくぼくを幻滅させた。年老いたセバスティアーナが癩の村に送りこまれないようにするため——彼女の斑点を癩病ではないと充分に知りながら——彼が指一本、動かさなかったことは、何よりも卑怯な証拠だった。ぼくは生まれてはじめて、あの医者に反感をいだいた。そのうえ、彼は森のなかへ逃げこむさいに、ぼくをいっしょに連れていってくれなかった。りすをつかまえたり、人魂を探すとき、どんなにぼくが役に立つか、充分に知っていたはずなのに。いまでは、彼と人魂をとりに行くことが以前ほど楽しくなくなった。それでぼくはひとりぼっちになり、新しい仲間をもとめながら歩きまわるようになった。

さしあたってぼくの興味を最も強く引いた人物は《寒さが丘》に住むユグノー教徒たちだった。彼らは同じ宗派の者たちが無惨に処刑されつつあるフランス王国から逃げてきたのだ。アルプス山脈を越えるさい、彼らは彼らの教典や聖器をなくしてしまったので、いまでは読むべき聖書も、口にすべきミサも、うたうべき讃歌も、また唱《とな》えるべき祈りの文句もなかった。迫害を受ける種族や、異教に囲まれて生きる人びとが、つねにそうであるように、彼らは不信を糧《かて》に生活していたから、もはやいかなる宗教書も受け入れようとせず、また彼らの信仰を守るにさいして他者がくちばしを入れることを許さなかった。たとえ同じユグノー教徒と名乗る者が訪ねてきても、それが法王の間諜《かんちょう》ではないかと恐れて、彼らはかたくなに口をつぐんだ。そして彼らはただひたすら、彼らの痩せた《寒さが丘》の土地を耕した。男も女も日の出まえから日が沈むまで、いつか天の恵みが彼らを照らすことを夢に見ながら、黙々と働きつづけた。彼らはどこからどこまでが罪なのかあまりはっきりしなかったので、ただ過《あやま》ちを犯すまいと、禁止項目をふやしてゆき、ささいなことにも、誰かが罪を犯すのではないかとたがいの行動を監視するようになった。彼らは自分たちの教会の論議をおぼろげにしか思い出せなかったから、神の名を口にすることを控え、不敬の言葉は口にしないよう、つとめて宗教的な言動を避けた。こうして彼らはいっさいの信仰の規則をもたず、またなるべく信仰の問題を固定しないように努力して、その代わり、つねにそれを思いつづけるかのようにもの思いにふけって、むずかしい顔をするようになった。いっぽう彼らのつらい農耕の規則は、時と共に、掟《おきて》にも似た価値をもつにいたった。こうして彼らはやむをえず倹約の習慣を身につけ、そこから家族を守る女たちの美徳も生み出された。

彼らは大家族で、嫁と孫にあふれていたが、みな背の高いたくましい体つきをしていつも晴れ着をきながら畑を耕していた。男は広い房飾りの帽子をかぶり黒い服のボタンをきっちりとしめていた。また女は白い頭巾《ずきん》をかぶっていた。男たちはひげを長く伸ばして、つねに猟銃を斜めに背負って歩きまわっていたが、戒律で禁じられていたため、雀《すずめ》以外には発砲したことがなかった。

貧しいぶどうの木と痩せた小麦がかろうじて生えている、石灰まじりの段々畑の上から、エゼキエル老人が声を張りあげた。両手の拳《こぶし》を天に突きあげ、山羊のように白いひげをふるわせ、三角帽子の下に目をぎょろつかせて、彼は休みなく叫んだ。「ペストに飢饉《ききん》だ！　ペストに飢饉だ！」彼は家族の者たちを叱咤《しった》して、労働に励ました。「その鋤《すき》をとれ、ヨナ！　草をむしれ、スザンナ！　肥やしをまけ、トビア！」彼はつぎつぎに指示を与え、低能で無能な人びとの群れを叱りつけては怒鳴った。そして畑地を救うための文句を矢つぎばやに叫んでは、みずからも道具を握って、まわりの人間を追い散らしながら、また怒鳴るのだった。「ペストに飢饉だ！」

それにくらべれば彼の妻は大きな声を一度もたてたことがなく、他の人びと以上に細かく規定した彼女だけの信仰を、固く守っていた。しかし彼女はそれについてひとことも他人に語ったことはなかった。ただ、ぜんぶが瞳のようなあの目で、相手を見つめながら、少し唇をひらいては、結んだ。「あなたもそう思う、ラケレ？　あなたもそう思う、アロン？」それゆえ、彼ら一家の唇にたまに微笑の浮かぶことがあっても、それはすぐに消えてまたもとの厳しい表情に戻ってしまうのだった。

ある夕方、ユグノー教徒たちが祈りをあげているとき、ぼくは《寒さが丘》に着いた。彼らはひとことも声を出さずに、両手を組みあわせて立ったり、あるいはひざまずいていた。彼らは男女に分かれて、ぶどう畑のなかに列を作り、身をこわばらせていた。奥にエゼキエル老人がひげで胸を埋めて立っていた。彼らは前方をじっと見つめ、ふしくれだった長い腕の先を固く組みあわせて下に垂らしていた。彼らは祈りに没頭しているかに見えたが、自分たちを取り巻くものへの注意を失うことはなかった。トビアは片手を伸ばしてぶどうの葉についている虫をとった、ラケレはかかとを立てなめくじを踏みつぶした、そしてエゼキエル自身は麦畑に舞いおりる雀の群れを驚かすため、不意に帽子を脱いだりした。

やがて彼らは讃歌を唱和した。彼らは文句を覚えていなかったから、ふしまわしだけを歌った。それも決して上手なものではなく、ときどき誰かが突拍子もない声を張りあげた。いや、みなが初めから終わりまで調子はずれであった、と言ってもよい。が、彼らはやめようとしなかった。そして一小節を歌い終わると、またすぐにつぎの小節へ、言葉にならぬ声を出しつづけた。

誰かがぼくの袖《そで》を引いた。小さなエサウだった。静かにしろ、ついてこい、とぼくに合図をした。エサウはぼくと同い年で、エゼキエル老人の末っ子だった。張りつめた硬い表情だけは父や母の血を受けついでいたが、性格は正反対で、ずるがしこく意地悪だった。ぼくらは四つんばいになってぶどう畑を離れた。やがておりを見て彼が言った、「まだ半時間はああしているはずだ、ばかばかしい！　おれの隠《かく》れ家《が》を見にこいよ」

エサウの隠れ家は秘密だった。家の者たちに見つからぬように、また山羊に草をやったり、野菜畑でなめくじ退治の手伝いをさせられないようにするための、隠れ家だった。彼はそのなかで一日じゅう怠け者の暮らしをしていたが、父親は彼を探して野山を叫び歩いていた。

エサウはタバコをためていたし、壁には二本のマジョリカ焼きの長いパイプをかけていた。その一本にタバコを詰めてぼくにも吸えとすすめた。ぼくに火のつけかたを教えて、むさぼるように大きな煙をつぎつぎに吐いてみせた。子供がそんなまねをするのを、ぼくは見たことがなかった。生まれてはじめて、ぼくはタバコを吸った。すぐに気分が悪くなったのでやめた。エサウはぼくを元気づけようとグラッパの瓶《びん》を取り出して、コップに一杯ついでくれたが、かえってそれにむせて、ぼくの腹はよじれんばかりに痛んだ。エサウはそれを水のように飲んだ。

「酔うためにはだいぶ飲まなければ」と、彼は言った。

「この穴のなかの物はいったいどこから持ってきたのだい?」ぼくは彼にたずねた。

エサウは爪をたてて、襲いかかるしぐさをした。「盗んできたんだ」

近くの田舎を荒らしまわる、カトリック少年の一団がいて、彼はその頭《かしら》になっていた。彼らは果樹を荒らすばかりでなく、にわとり小屋や人家にまで侵入することがあった。そしてピエトロキョード親方よりもはるかに大きな声を張りあげて、罵《ののし》りあった。カトリックとユグノーのあらゆる悪い言葉を知っていて、彼らはそれを怒鳴りあった。

「まだほかにもたくさん悪いことをしているんだ」と、彼は打ち明けた。「いんちきの証言をしてやる、いんげん豆の畑に水をまくのを忘れる、父親や母親を敬わない、夜おそく家に帰る。こうなったら、あらゆる悪事をしてみたい。大人たちにはわけがわからないような、どえらいことまで」

「あらゆる悪事?」ぼくは彼に言った。「人殺しまでかい?」

彼は肩をすくめた。「人殺しは、いまのおれじゃ、およばない」

「ぼくの叔父さんがやっているからね、それも趣味で殺させているといううわさがあるくらいだ」ぼくは少し得意になって、エサウに言った。

エサウはつばを吐いた。

「ばかな趣味だ」彼は言った。

やがて雷が鳴り出して、穴の外は雨になった。

「家の人たちが探しているんじゃないか?」と、ぼくはエサウに言った。ぼくを探す者は誰もいなかった。でも、ほかの子供たちが、いつでも両親に探されていることを、ぼくは見て知っていた。天気が悪いときはとくにそうだった。それで、何か大変なことのように、ぼくは思いこんでいたのだ。

「雨がやむまでここで待とう」と、エサウが言った。「それまで賭けをしようじゃないか」

彼はさいころを取り出して、金を積んだ。ぼくは持っていなかったので、風笛《ふうてき》を賭けたり、ナイフやパチンコを賭けて、みな取られてしまった。

「がっかりするなよ」と、しまいにエサウが言った。「いかさまをやっていたんだから」

外では、雷雨が激しく降りしきっていた。エサウの洞穴《ほらあな》はだんだん水が入ってきた。タバコやそのほかの物を安全な場所に移してから、彼は言った。「このぶんじゃ、ひと晩じゅう雨だ。家に戻ったほうがよさそうだぜ」

ぼくらはびしょぬれになって泥にまみれながらエゼキエル老人のあばら屋にたどり着いた。ユグノー教徒たちは小さなランプをともして、テーブルを囲んですわっていた。そして聖書のなかの挿話を思い出そうとつとめているらしかった。しかしいくら耳をすませても、たしかに読んだ覚えはあるが、いまではもうぼんやりとした意味しか伝わってこなかった。

「ペストに飢饉だ！」叫びながらエゼキエルがテーブルを拳で叩いた。その拍子に、ランプが消えて、息子のエサウとぼくは扉のすきまから忍びこんだ。

ぼくは冷えて歯の根が合わなかった。エサウは肩をすくめた。外では雷鳴と稲妻とが《寒さが丘》の上に降り注いでいた。明かりをつけなおしながら、老人は拳を振りあげて、かつてこれ以上の罪を犯した人間が存在しないというように、極道者《ごくどうもの》の息子の罪状を並べたてた。しかし彼の知っているのはほんの一部分にすぎなかった。母親は黙って罪状を認めた。ほかの子供たちや、婿や、嫁や、孫たちは、深くうなだれたり、両手で顔をおおって、それに聞き入っていた。エサウは涼しい顔でりんごをかじっていた。あの雷鳴と、エゼキエルの声のあいだで、ぼくは一本の葦《あし》のようにふるえていた。

警備の男たちがカプチン派の僧侶に似た袋を背負い、ずぶぬれになって戻ってきた。そしてようやく怒鳴り声がやんだ。ユグノー教徒たちは猟銃や鉈鎌《なたがま》や三《み》つ又《また》などで武装して、いまや敵であることが明らかになった子爵の卑劣な侵入を防ぐために、ひと晩じゅう交代で警戒の任にあたっていた。

「師父よ！　エゼキエルよ！」彼らユグノー教徒たちは言った。「ひどい夜です。きっと《片脚》も来ますまい。家に戻って、よろしいでしょうか、師父よ？」

「どこにも、《片腕》の気配はないか？」エゼキエルがたずねた。

「ございません、師父よ、落雷のあとの焦げた臭いのほかは。今夜ばかりは、《片目》も動けますまい」

「それならば、家に戻って、服を着がえてくれ。嵐が《片腹》とわしたちに平和をもたらしたとは」

《片脚》、《片腕》、《片目》、《片腹》といった言葉は、ぼくの叔父に対するユグノー教徒たちの呼び名だった。彼らが本当の名で呼ぶのを、ぼくは一度も聞いたことがなかった。彼らは一種の信頼の情をこめつつ、そういう言葉を口にした。それは、彼らが久しく叔父のことを知っているからとも、また叔父が彼らの宿敵であるからとも、とれた。彼らは仲間どうしで短い言葉を交《か》わすたびに、目くばせをしたり、小さな笑い声をたてた。「ああ、《片腕》か……そうなんだよ、《片耳》さんが……」まるでメダルドの暗い狂気を何もかも見とおしているかのような彼らの口ぶりだった。

そういう話がつづけられているとき、嵐の騒ぎに混じって、戸を叩く音が聞こえた。「こんな天気に、誰が叩いているのだろう?」エゼキエルが言った。「早く、開けてあげなさい」

戸を開けると、敷居の上に片脚を突きたてて、子爵が姿をあらわした。体を包んだ黒いマントから雫《しずく》がしたたり、帽子の羽毛が雨にぬれていた。

「馬はあなたがたの厩《うまや》につないできた」と、彼は言った。「わたしを入れてくれるだろうね、お願いだ。今夜は通行人にはつらい夜だ」

みなの視線がエゼキエルに集まった。ぼくはテーブルの下に隠れた。敵の家に出入りしていることを、叔父に知られたくなかったからだ。

「火のそばにおかけなされ」エゼキエルが言った。「この家では、客はもてなすものと、決まっている」

敷居の近くに、オリーヴの実を集めるとき木の下に張る、大きな布が、積みあげられていた。メダルドはその上に横になり、眠った。

闇のなかで、ユグノー教徒たちはエゼキエルのまわりに集まった。「師父よ、わたしたちの手のなかにいるのです、いまなら、《片脚》を！」彼らはささやいた。「このまま逃がしてやるのですか？　無実な人びとがさらに罪に落とされるのを見すごさねばならないのですか？　エゼキエル、いまこそ罪をあがなわせるときではないですか、あの《片尻》に？」

老人は両手の拳を天井に差しあげた。「ペストに飢饉だ！」彼は叫んだ、ほとんど声を出さずに、ありったけの力を振りしぼって。「わしの家では、かつて客をもてなしそこなったことはない。客の眠りを守るためなら、わしがみずから守りにつく」

そう言って彼は、横になった子爵の脇に、猟銃を斜めにかまえて立ちはだかった。メダルドが片目をひらいた。「そこで何をしているのだ、エゼキエル親方？」

「客人よ、あなたの眠りを守っているのじゃ。あなたを憎む人間は多い」

「それは知っている」子爵が言った、「城のなかでさえ眠れない。眠っているまに、使用人たちに殺されるかもしれないのだ」

「わしの家の者たちだって、あなたを愛してはいない、メダルドだんな。しかし今夜は客人だ」

子爵はしばらく黙っていたが、やがて言った。「エゼキエル、わたしはおまえたちの宗派に改宗したいのだ」

老人は何も言わなかった。

「わたしは不実な人間たちに取り巻かれている」メダルドがつづけた。「わたしはあいつらをぜんぶクビにしてやりたい、そして城に、ユグノー教徒たちを迎え入れたい。エゼキエル親方、おまえさんは、わたしの大臣にしてやろう。テッラルバをユグノー教徒の領土だと、わたしが宣言してやる。そうすれば、カトリック教徒の主な地方と戦争がはじまるだろう。おまえや、おまえの家族の者たちは、みないっぽうの将だ。どうだ賛成しないか、エゼキエル？　わたしを改宗させることはできないか？」

老人は分厚い胸に斜めに猟銃の皮帯をかけて、身じろぎもせずに立ちつづけた。

「わしらは宗教のことをあまりにも忘れてしまった」と、彼は言った。「よその人をどうして改宗させることができよう。わしは、自分の良心に従って、自分の土地にとどまろう。あなたも、自分の良心に従って、あなたの土地にとどまるがよい」

子爵は片肘を起こした。「わかっているのか、エゼキエル、わたしが自分の土地にまだ異端審問所を作っていないことを？　いいか、おまえたちの首をそろえて、司教のところへ贈れば、ただちに法王庁からほうびが出るのだぞ」

「わしらの首はまだわしらの胴体についている」と、老人が言った。「それを切り離すには、まだ問題が残されている」

メダルドは跳ね起きて戸口を開けた。「敵の家に寝るよりは、あそこの茨の茂みで寝るほうが、どれほどましか」そう言って、彼は雨の下を走り去った。

老人は人びとを呼び集めた。「息子たちよ、最初にわしらを襲ってくるのは《片脚》だということが、これではっきりしたぞ。いま、あいつは去った。わしらの家の小道から邪魔者は去った。だが、心配するな、息子たちよ、いつか善良な人間も通りすがるであろうから」

ひげを生やした男たちと、頭巾をかぶった女たちとは、いっせいに頭を下げた。

「たとえ誰も来なくても」と、エゼキエルの妻がつけ加えた。「わたしたちは、わたしたちの場所にとどまりましょう」

その瞬間、一条の稲妻が天を裂き、雷鳴が屋根瓦と石の壁とをふるわせた。トビアが叫んだ。「茨の茂みに雷が落ちた！　燃えている！」

人びとはカンテラをかざして外に走り出た。そして根もとから梢《こずえ》まで、ちょうど半分がまっ黒に焦げた、大木を見あげた。残る半分は少しも変わりなかった。遠く雨の下を遠ざかるひづめの音が聞こえた。そして一瞬、稲妻のなかに、マントに包まれた半身の騎士の姿が浮かびあがった。

「師父よ、あなたはわたしたちを救ってくださった」ユグノー教徒たちは口々に言った。「ありがとう、エゼキエル」

東の空が白んで、あかつきがやってきた。

エサウはぼくを脇へ呼んだ。「見ろ、ばかなやつらだ」彼は低い声で言った。「そのまにおれが何をしていたと思う？」そう言って、彼は手をひらき、輝くものを見せた。「鞍についていた金の飾りだ、厩《うまや》につないであるあいだに、盗んできたんだ。そこに気がつかないのだから、あいつら、みんなばかだよ」

そういうエサウのやりかたは、ぼくの気に入らなかった。また彼の一家のやりかたにも気がめいってしまった。それで、それからは、ひとりぼっちで海辺に行き、あわびをとったり蟹《かに》をとって遊ぶようになった。あるとき、岩場のはずれで小さな蟹を穴から追い出そうとしていると、月の光に照らされたおだやかな水に、頭上にかざされた白刃《しらは》の影がうつった。ぼくは、驚いて海に落ちた。

「これにつかまれ」と、叔父が言った。もちろん、白刃をかざしてぼくの後ろに近づいていたのは、彼だった。そして彼は刃《やいば》を突き出したまま、ぼくにつかまれと言うのだった。

「いえ、ひとりで上がりますから」とこたえて、ぼくは岩場から少し離れた岩礁の上にはいあがった。

「蟹をとっていたのかい?」メダルドが言った。「わたしは蛸《たこ》だ」そう言って彼はぼくに獲物《えもの》を見せた。茶色と白の大きな蛸ばかりだった。それらはみな剣でまっぷたつにされていたが、まだそれぞれに触手を動かしていた。

「こういうふうに完全なものはなんでも半分になるのだ」そう言いながら、叔父は岩場に腹ばいになって、そこにうごめく半分の蛸をなでた。「こうしてやれば、すべてのものが無知で鈍い完全さから抜け出せる。かつて、わたしが完全だったころには、すべてのものが自然に、そして空気のように愚かしくも混乱して見えた。あのころ、わたしはなんでも見えるような気がしていたが、それは外観にすぎなかった。もしもおまえが半分になったら、そしてわたしはおまえのためにそれを心から願うのだが、少年よ、ふつうの完全な人間の知恵ではわからないことが、おまえにもわかるようになるだろう。おまえはおまえの半分を失い、世界の半分を失うが、残る半分は何千倍も大切で、何千倍も深い意味をもつようになるだろう。そしておまえはすべてのものがまっぷたつになることを望むだろう、おまえの姿どおりにすべてのものがなることを。なぜなら美も、知恵も、正義も、みな断片でしか存在しないからだ」

「うわっ、すごい」ぼくは言った、「すごいぞ、ここに、ものすごく蟹がいる!」そしてぼくは、叔父の剣を逃れるために、自分の遊びに夢中になっているふりをした。叔父が獲物の蛸を持って遠ざかるまで、ぼくは岸に戻らなかった。しかし彼の言葉はいつまでもぼくの心のなかに残って、彼の言う、まっぷたつへの憧《あこが》れをふせぐことはできなくなってしまった。どちらを向いても、トレロニーも、ピエトロキョードも、ユグノー教徒も、癩患者も、みながまっぷたつの姿を宿していた。彼こそは、ぼくたちが仕える主人であり、ぼくたちが逃れることのできない、主《あるじ》だった。

6

テッラルバのメダルドは駿馬《しゅんめ》の鞍《くら》に金具で体を留め、朝はやくから崖を駆けのぼり、また駆けくだって、半身を谷間の上に突き出し、片目を光らせてようすをうかがいつづけた。そしてある日、羊飼いの娘パメーラが牧場《まきば》で山羊と遊んでいる姿を認めた。

子爵はひとりごとを言った。《わたしの鋭い感覚でもまだ知らないものがある。それを、完全な連中は愛と呼んでいる。鈍感な彼らにとってさえ、あれほど重要な意味をもっているのだから、もしもわたしに訪れる日があれば、それは恐ろしくもすばらしい感覚になるにちがいない》そこでパメーラを愛することに決めた。丸ぽちゃで、裸足の、その乙女は、ばら色の粗末な服を着て、草原の上に腹ばいになり、居眠りをしたり、山羊とおしゃべりをしたり、草花の匂いをかいだりしていた。子爵の思いは、たとえ冷たく作りあげたにせよ、人をあざむくものではなかった。パメーラの姿を見たときからメダルドは自分にもわからぬ血の騒ぎを感じていた。それは絶えて覚えのないものであった。それで彼はいくぶんあわてふためいて、自分の理論の実践に取りかかった。

正午の帰り道に、牧場のひなぎくが一本残らずまっぷたつにされ、その矢車形の花弁の半分がむしり取られているのを、パメーラは見つけた。《まあ恐ろしい》彼女は心のなかで叫んだ、《谷間にはたくさん娘がいるのに、よりによって、あたしの身に降りかかるなんて!》子爵が自分に思いを寄せていることを彼女はさとった。まっぷたつにされたひなぎくを一本残らず摘みとって、家に持ち帰り、彼女はミサの本のページにはさんだ。

その日の午後は《修道女の牧場》へ出かけ、あひるに草を食べさせ、沼で泳がせた。牧場にはあちこちに、あざみの花が咲いていた。しかしその花もひなぎくと同じ運命に見舞われ、かみそりで切り落とされたみたいに逆円錐《えんすい》状の花々がまっぷたつにされていた。《大変だわ》彼女は心のなかで叫んだ、《よりによって、あたしがあの人に望まれるなんて!》彼女はたんすの鏡の縁飾りにするため、まっぷたつにされたあざみの花々を集め、それを束ねた。

そしてそれからはもう考えないことにした。彼女は髪を編んで頭にまとめ、寸の詰まった服を脱いで、あひるたちといっしょに沼で水浴びをした。

夕方、牧場から牧場を通って帰る途中、《風の花》とも呼ばれる綿毛のたんぽぽの一面に生えた場所を通った。そしてパメーラは綿毛の球の半分がみななくなっているのに気づいた。誰かが地面に腹ばいになり片側を吹きあげたにちがいない、あるいは半分だけの口で吹いたのかもしれない。パメーラはまっぷたつの白い球をいくつか摘みとり、口にあててそっと吹いた。するとやわらかな綿毛がつぎつぎに飛び去っていった。《かわいそうなあたし》彼女はつぶやいた、《よりによって、あたしが望まれるなんて。これから先どうなるのかしら?》

パメーラの小屋はとても小さかったから、二階に山羊を入れ、一階にあひるたちを入れると、あとは足の踏み場もなかった。巣箱も置いていたから、いたるところに蜜《みつ》蜂《ばち》がいた。また床の下は蟻《あり》の巣でいっぱいだった。どこに片手を差しこんでも、引きあげるとまっ黒になるほど蟻がついてきた。そういうありさまだったから、パメーラの母親はわらのなかで寝ていた。そして父親は空《から》になった酒樽《さかだる》のなかで眠っていた。パメーラ自身は、いちじくとオリーヴの木のあいだに張ったハンモックに寝ていた。

小屋の敷居でパメーラは足を止めた。蝶が一匹死んでいた。片方の羽と胴の半分とが石でつぶされていた。パメーラは悲鳴をあげて父と母を呼んだ。

「ここに、誰が来たの？」パメーラが言った。

「少しまえ、わたしらの子爵さまが通られたが」と父と母が言った、「自分をからかう蝶を追いかけてきたところだ、とあのかたは言われた」

「蝶が人間をからかうなんてこと、あるかしら？」パメーラが言った。

「そうとも、わたしらもそう言った」

「本当は」とパメーラが話した、「子爵さまがあたしを好きになったのよ、あたしたち覚悟しなければいけないわ」

「どうしたのだね、おまえ、ばかなことをお言いでないよ」と、年老いた両親がこたえた。若いうちはそういうことは決してないが、人間も年をとると変な言いかたをするようになる。

その翌日、パメーラは山羊に草を食べさせながら、いつも腰をおろす岩のところへ来た。が、彼女は叫び声をあげてしまった。恐ろしいものが石の上に投げ出されていた。半分のこうもりと、半分のくらげだった。ひとつは黒い血をしたたらせ、もうひとつはねばねばした粘液を出していた。そしていっぽうは翼をひろげられ、もういっぽうはゼラチン状のやわらかい房飾りをひろげられていた。それには意味があった。今夜、海辺で待つ、というのだ。パメーラは勇気をふるって出かけた。

海辺に着くと、彼女は玉砂利に腰をおろして、白く騒ぐ波の音に聞き入った。やがて小石を踏むひづめの音が聞こえ、メダルドが海辺に馬を馳《は》せてきた。彼は止まって、留め金をはずして、鞍からおりた。

「パメーラ、わたしはおまえを愛することに決めたのだ」と、彼は言った。

「それで」彼女は立ちあがった、「いろいろな生き物を、切り裂いたのですか?」

「パメーラ」子爵は溜息《ためいき》をついた、「そうする以外にわたしたちは話しあう言葉をもっていないのだ。この世における、ふたつの命あるものの出会いは、引き裂きあうことだ。いっしょにおいで、わたしはこの悪を知りつくしている。ほかの誰とよりも安心して、おまえはいっしょにいられるはずだ。わたしはすべての人間と同じように悪事をする。ただ、よその人間とちがっている点は、わたしの腕が確かなことだ」

「ひなぎくや、くらげのように、あたしも引き裂いてしまうつもり?」

「わたしがおまえに何をしてやれるかは、まだわからない。ただ、おまえを自分のものにできたら、いまは想像もつかないことが可能になるだろう。おまえを城へ連れていき、そこに閉じこめ、ほかの誰にも会わせないようにして、何日も何カ月もかかって、わたしたちがさらにいっしょにいるための、新しい方法を考え出さねばならない」

パメーラは玉砂利の上に横になっていたが、メダルドはその近くにひざまずいていた。彼は話しながら彼女の体ぜんたいをなでるような手つきをしたが、実際に彼女に触れることはなかった。

「それなら、あなたがあたしに何をしてくださるのか、はじめに知っておかなければいけないわ。いま、その証拠になるようなものを、ひとつ見せてくださいな。そうすればお城に行くかどうか決めますから」

子爵はほっそりととがった彼の手をパメーラの頰に近づけた。その手はふるえていた。そしてそれが彼女にやさしく差し伸べられたのか、それともひと思いに彼女をつかみ殺そうとしたのかは、はっきりしなかった。しかし彼女に触れないうちに、急に手を引っこめて、子爵は立ちあがった。

「城に行ってからにしよう」そう言って、彼は馬に跳び乗った。「おまえが住むことになる、塔の準備をしに行く。あと一日、猶予《ゆうよ》を与えてやろう。それまでに覚悟を決めるのだ」

そう言い残すと、彼は拍車を鳴らして一散に海辺を駆け去った。

その翌日、いつものように実を摘もうとしてパメーラが桑の木にのぼると、茂みのあいだで苦しそうに羽ばたく音がした。驚きのあまり、彼女はあやうく木から落ちるところだった。高い枝に一羽のおんどりが羽を縛りつけられ、一面に大きな青い毛虫がたかっていた。松の木についていた害虫の巣をそのまま、にわとりのとさかの上に移したのだった。

またもや子爵の恐ろしい予告にちがいなかった。パメーラはその謎を解いた。《明日の朝、森で会おう》

松の実を拾いに行ってくるから、と言いわけをして、パメーラは森に入った。松葉杖をもたせかけていた幹のかげから、メダルドが姿をあらわした。

「それなら」と彼はパメーラに言った、「城に来る決心がついたのだな?」

パメーラは針のような松葉の上に横になった。「いいえ、行かない決心をしたのよ」と、振り返りざまに彼女は言った。「どうしてもあたしが欲しいのなら、この森のなかへ会いにいらっしゃい」

「おまえは城に来るのだ。おまえが住む塔の準備もできた。あそこはぜんぶおまえのものだ」

「そこにあたしを閉じこめたいのでしょう。そしてできれば、火をつけてあたしを焼き殺すか、あるいはねずみの餌食《えじき》にでもなさるつもりなのでしょう。いいえ、だめです。先ほども言いましたように、どうしても欲しいのなら、あなたのものになりますけれど、ここの松葉の針の上でにしましょう」

子爵は彼女の頭の近くにうずくまった。片手に鋭い松葉を持ち、それを彼女の襟《えり》に近づけ、首のまわりにじりじりと移した。パメーラは鳥肌がたつのを感じた。が、じっと動かなかった。彼女はおおいかぶさってくる子爵の顔を見た。それは正面から見ても横顔であり、剝《む》き出《だ》されたあの半分の歯ならびが、はさみのように微笑を浮かべていた。メダルドは松葉の針を握りしめ、拳《こぶし》のなかでそれを砕いた。そしてまた立ちあがった。「城のなかで、おまえをわたしのものにしたい、城に閉じこめてからだ!」

パメーラはもっと自分の主張が通せる、と判断した。それで、裸足の足をばたつかせながら言った。「この森のなかでなら、いやとは言わないわ。閉じこめられるのなら、死んでもいやだわ」

かならず連れていってみせるぞ！」そう言いながらメダルドは、まるで通りかかったように近づいてきた馬の背に手を置いた。そして鞍に跳び乗り、拍車を鳴らして、森の小道を駆け去った。

その夜、パメーラはオリーヴといちじくの木のあいだに張ったハンモックの上で眠ったが、翌朝、恐ろしいことに彼女の胸の上に血まみれの小さな死骸が置いてあった。例によって、縦にまっぷたつにされた、りすの死骸だった。ただ、黄褐色《おうかっしょく》の尻尾だけがそのままになっていた。

「かわいそうなあたし」彼女は両親に言った、「子爵さまのおかげで、生きた心地もしないわ」

父親と母親は代わるがわるにりすの死骸を握った。

「だけど」と父親が言った、「尻尾はそのままになっている。善い兆《きざ》しのように思うけど……」

「きっと善いほうに向かいはじめているんだよ……」母親も言った。

「いままでは何もかもまっぷたつにされていたが」と父親が言った、「りすのなかでもいちばんきれいなところは、尻尾だからね。そこを大切にしているんだ……」

「そうするとこの謎の意味は」と母親が言いはじめた、「おまえが善良で美しいかぎりはあのかたも大切にする、ということだろう……」

パメーラは両手を髪に差し入れた。「なんてことを言うの、お父さんも、お母さんも！　きっとわけがあるのね。子爵さまに何か言われたのでしょう……」

「言われたのじゃなくて」と父親が言った、「おっしゃったのだよ、あのかたが、わたしらに会いたい、わたしらの貧しい暮らしの力になってくださるだろう、と」

「お父さん、こんど話しに来たら、巣箱を開けて蜜蜂を飛びかからせてやってちょうだい」

「娘や、メダルドさまは、きっと善くなりかけておられるにちがいない……」と老婆が言った。

「お母さん、こんど話しに来たら、あの人を蟻の巣につないで蟻だらけにしてやって」

その夜、母親の寝ていたわらの山に火がつき、父親の眠っていた酒樽のたががはずされた。翌朝、こんど子爵があらわれたら、どんなひどいめにあわされるかわからない、とふたりの老人は恐れた。

「気の毒だったな、昨夜はおまえたちを驚かせて」と、彼は言った。「しかし、ほかに話のもっていきようがなかったのだ。要するに、おまえたちの娘のパメーラを気に入ったので、わたしは彼女を城へ連れていきたいのだ。そこで、形式上わたしに力を貸してもらいたい、とおまえたちに頼んでいるのだ。あの娘の生活は変わるだろう、そしておまえたちの生活もな」

「もちろん、わたしらに異存はございませぬ、殿さま！」老人が言った。「ただ、ご承知のように、わたしどもの娘はあのとおりの気性でございますから！　あなたさまにも巣箱の蜂をけしかけろと申したぐらいでございます……」

「考えてもごらんくださいませ、お殿さま……」と母親が言った、「あなたさまを蟻の巣につなげと申しました……」

運よくその日、パメーラは早めに家へ帰ってきた。すると父親と母親とが、ひとりは蜜蜂の巣に、もうひとりは蟻の巣に、それぞれ猿ぐつわを嚙まされてつながれていた。幸い、蜜蜂は老人のことを知っていたし、蟻も老母のことを知っていたから、刺したり嚙んだりはしなかった。娘はふたりを助けた。

「これで子爵さまが善くなったかどうか、わかったでしょう？」と、パメーラは言った。

しかし老人夫婦は何かをたくらんでいた。翌日、ふたりはパメーラを縛って、彼女を家畜たちといっしょに家のなかへ閉じこめた。そして城へ行き、子爵に向かって、もしも娘をお望みなら取りに人を差し向ければよい、自分たちが娘を引きわたす用意を整えてきたから、と言った。

けれどもパメーラには動物たちと話をすることができた。あひるはくちばしでつついて彼女の縄を解き、山羊は角《つの》をたてて扉を破った。パメーラはいちばん仲よしの牝《め》山羊《やぎ》とあひるとを一匹ずつ連れて、そこを逃げ出し、森のなかへ入って暮らした。そして彼女と、隠れた彼女に食べ物や知らせをもって訪れる男の子だけが知っている、秘密の洞穴《ほらあな》のなかで暮らした。

その男の子というのがぼくだった。パメーラと森のなかで過ごす生活は楽しかった。ぼくは彼女に果物《くだもの》と、チーズと、魚のフライを届け、彼女は交換に山羊のミルクとあひるの卵をぼくにくれた。彼女が沼や小川で水浴びをしているあいだ、ぼくは誰にも見られないように番をした。

ぼくの叔父はときどき森を通りかかったが、少しも近づこうとしなかった。もちろん、例によって悲しいやりかたで、彼の存在を示すことに変わりはなかったけれども。たとえば、あるときは、パメーラと彼女の動物たちをかすめて崖が崩れ落ちた。またあるときは、彼女の寄りかかっていた松の木が倒れた。根もとに斧《おの》を打ちこんだ痕《あと》があった。またあるときは、殺された動物たちの死骸で泉が一面におおわれていたりした。

ぼくの叔父は片手で操作できるように工夫した石弓で、ときどき狩りに出かけた。しかし失った半身を絶えずむしばまれつづけているかのように、さらに痩せて、暗い影を落としていった。

ある日、トレロニー博士とぼくが畑のなかを歩いていたとき、馬で走ってくる子爵に出会った。博士はあわやひづめにかけられそうになって倒れた。馬はイギリス人博士の胸の上に、片方のひづめを乗せかけて、止まった。すると叔父が言った。「博士、わけを説明してくれないか。少し長く歩くと、そのあとで、なくなった片脚が疲れているみたいな気がするのだ。これはどういうことだ？」

トレロニーはどぎまぎして、いつものように口ごもってしまった。それで子爵は走り去った。しかし彼の問いは、博士の心に突き刺さった。医者は両手で頭をかかえながら、しきりに考えにふけった。彼が人間の体の問題にこれほど深い関心を示したことは、かつてなかった。

7

《きのこ平《だいら》》のまわりには西洋はっかの草むらと、まんねんろうの垣根とがあって、野性の茂みとも香料の畑ともつかぬかたちになっていた。ぼくは甘酸っぱい期待に胸をふくらませて、そのあたりを歩きまわり、年老いたセバスティアーナに会いに行く道を探した。

癩患者《らいかんじゃ》の部落へ通じる小道にセバスティアーナが姿を消したときから、ぼくはいままでよりもいっそう自分が孤児であると思うようになった。乳母の消息が聞かれないことに、ぼくは絶望していた。ガラテーオが通りかかったとき、ぼくは木のてっぺんにしがみついて、大声でたずねてみた。しかしガラテーオにとって子供は木の上にのぼって生きたとかげを投げ落とす敵だったから、いつもの甘ったるい金切《かなき》り声《ごえ》を張りあげながら、からかうようにわけのわからぬ返事をした。それで、ぼくの胸のなかには、《きのこ平》に入りこんでみたいというかねての好奇心に加えて、年老いた乳母への思慕がつのり、いまでは香ばしい茂みのあいだを落ち着きなくさまようのだった。

あるときふと麝香草《じゃこうそう》の草むらから、麦わら帽をかぶった、明るい色の衣服の人影が立ちあがって、部落のほうへ歩き出した。年老いた癩患者だった。ぼくは乳母のことをたずねてみたいと思い、大声を出さないでも聞こえるところまで、その人に近づいた。そして言った。「もしもし、そこを行く、癩のかた！」

が、その瞬間、おそらくぼくの声に目を覚ましたのだろう、すぐそばで別の人影が身を起こし、すわりなおして、大きな伸びをした。見れば、その顔は干からびた木の皮のように、一面にあばたになって、羊のような白い毛がまばらに生えていた。彼はポケットから風笛《ふうてき》を取り出し、からかうように、ぼくに向かって鋭い音を吹き鳴らした。そのとき、午後の陽射《ひざ》しを浴びて茂みのなかに横になっている、たくさんの癩患者たちがいたことに、ぼくは気づいた。彼らは淡い色の短い上衣《うわぎ》をまとっていたが、つぎつぎに立ちあがり、逆光線のなかを《きのこ平》に向かって歩き出した。手に手に楽器や植木の道具を握って、彼らは音をたてた。ぼくはそのひげの男から離れようと跳びすさった。すると月桂樹《げっけいじゅ》の茂みのなかで髪をすいていた、鼻の欠けた癩の女に、あやうくぶつかりそうになった。草むらを跳び越えようとするたびに、別の癩患者たちが行く手にあらわれた。そしてぼくの歩いていけるのは《きのこ平》の方角だけであることにやがて気づいた。丘の斜面と、ふもとの花綱の飾りをまわしたわら屋根とは、すでに間近にあった。

癩患者たちは目くばせをしたり、楽器の音を合わせたりして、たまにしかぼくに注意を向けなかったが、ぼくは自分が彼らの歩みの中心に置かれ、捕えられた獣《けだもの》みたいに《きのこ平》に連れられていきつつあることがわかった。村に入ると家々の壁はリラの花の色に塗られ、ひとつの窓辺に、乱れた衣裳のひとりの女が顔や胸にリラの花の色のしみをつけて竪琴《たてごと》をかかえていた。彼女は叫んだ。「庭師たちのお帰りだよ！」そして彼女は竪琴をかき鳴らした。ほかの女たちが窓や屋根の上のテラスに顔を出し、タンバリンを振っては歌をうたった。「お帰りなさい、お庭の係り！」

ぼくはその狭い道のなるべくまんなかを歩いて、誰にも触れないように注意した。が、気がついてみると、四つ辻らしいところに立っていて、すっかり癩患者たちに取り囲まれていた。男も女もてんでに自分たちの家の敷居に腰をおろしていたが、色褪《いろあ》せてちぎれた短い上衣からは股の奥や恥ずべきあたりまでが見え隠れしていた。それでいながら髪にはさんざしやアネモネの花を差していた。

癩患者たちはぼくに敬意をあらわして、ささやかなコンサートをひらいているみたいでもあった。なかにはヴァイオリンの弓をわざとゆっくりぼくのほうに傾ける者もいた。またぼくと視線が合うとすぐに蛙《かえる》の鳴き声をまねはじめる者も、さらにまた一本の糸で上下させる奇妙な操り人形を差し出して見せる者もいた。コンサートはてんでんばらばらの身ぶりや調子はずれの音から成り立っていたが、ひとつだけ、彼らがときどき繰り返す旋律らしきものがあった。「しみのないひよこが桑の実をついばみ、しみに染まった」

「ぼくは乳母を探しているのです」と声を張りあげてぼくは言った、「年老いたセバスティアーナがどこにいるか、知りませんか？」

彼らはどっと笑い出した、そこには知っているはずの意地悪な気配が感じられた。

「セバスティアーナ！」ぼくは叫んだ。「セバスティアーナ！　どこにいるの？」

「あそこだよ、坊や」ひとりの癩患者が言った、「いい子だね、坊やは」そして彼はひとつの扉を指さした。

その扉がひらいて、黒ずんだ顔色の女が出てきた。きっとサラセンの女だろう、なかば剝《む》き出《だ》しの肌に尻尾をつけた凧《たこ》の入《い》れ墨《ずみ》がしてある。そしてみだらな踊りをおどりはじめた。それから起こったことは、ぼくにはよくわからなかった。男と女がたがいに相手に跳びかかって何かをはじめたが、それはやがてぼくにもわかるはずの乱痴気騒ぎにちがいなかった。

ぼくが貝のように小さくなっていると、突然、乳母のセバスティアーナが人びとの輪をかきわけて出てきた。

「けがらわしい獣たちめ！」と彼女は言った。「せめて無垢《むく》な魂の前だけでも慎《つつし》みを知ったらどうです」

乳母はぼくの手を取って、人びとの歌声からぼくを引き離した。「しみのないひよこが桑の実をついばみ、しみに染まった！」

セバスティアーナは明るい紫色の地の修道女そっくりの服に身を包んでいた。そして彼女のしわのない頰はすでにいくつかのしみで変形していた。ぼくは乳母にめぐり会えたことで、心ははずんでいたが、彼女がぼくの手を取ったとき、癩病をうつしたにちがいないと思うと絶望的な気持ちになった。ぼくは隠さずに彼女にそう言った。

「こわがらなくていいのだよ」セバスティアーナがこたえた。「わたしの父は海賊で、祖父は仙人だった。だから、この国の病気にも海の向こうのサラセンの病気にもよく効く薬草のことを、なんでも知っていた。ここの連中は花はっかや葵《あおい》の花をなすりつけているが、わたしだけはむらさき草やオランダ辛子《がらし》を煎《せん》じて飲んでいるから、命のあるかぎり癩病に取りつかれることなんかないのだよ」

「でも、その顔のしみは?」と、おおいにほっとしたものの、ぼくはまだ安心しきれないで、乳母にたずね返した。

「松やにだよ。こうしてわたしも癩病にかかっているふりをしているのだ。さあ、ここにおいで、あたたかい煎じ薬をおまえにも飲ませてあげるから。なにしろ、このあたりを歩くぶんには、用心するに越したことはないからね」

彼女は自分の住んでいるところにぼくを連れていった。少し離れた場所にある小屋だったが、清潔に整頓され、衣類が干してあった。ぼくたちはそこで話をつづけた。「で、メダルドは? それで、メダルドは?」と彼女はぼくにたずねた。そしてぼくの話が終わらないうちに、つぎつぎにぼくの言葉を口もとからもぎとった。「まあ、なんていうならず者だろう! まあ、追いはぎと同じだわ! 恋をしたなんて! ああ、かわいそうな女の子! それにしても、選《え》りにえって、誰にも想像できなかったことだ! わたしたちは食べ物をみんなガラテーオからもらうのだよ。それで、ここの連中が何をしているか、知っているかい？　そうとも、あのガラテーオだって、善良どころじゃない。おわかりかい？　悪いやつなんだよ。もちろん、あれひとりじゃないけれど！　夜なかに連中が何をしているか！　そして昼間だって！　ここの女たちほど恥知らずの人間をわたしは見たことがないよ！　せめて服ぐらい、きちんと着ればよいのに、それさえしないのだから！　ふしだらな、ぼろくずたち！　ええ、正面きって言ってやりますとも……そうするとあいつらがなんてこたえたとお思いかい？」

乳母を訪ねてすっかり晴ればれとした気持ちになったぼくは、翌日、うなぎを釣りに出かけた。

奔流の淵《ふち》に糸を垂れて待つうちに、ぼくは眠りこんでしまった。どれぐらい眠ったであろうか、何ものかの気配に、ぼくは目を覚ました。まぶたをひらくと、頭の上に、振りあげられた片手と赤い毛の蜘蛛《くも》が一匹見えた。首をひねると、黒いマントの叔父の姿が目に飛びこんできた。

ぼくは恐怖に取りつかれて跳びあがった。が、その瞬間、蜘蛛は叔父の手を噛み、すばやく逃げてしまった。叔父は嚙まれた手を唇にあて、かるく傷口をすすった。そして言った、「おまえが眠っているあいだに、あの枝から毒蜘蛛がおまえの首筋におりてゆくのが見えた。それで手を伸ばしたとたんに、嚙まれてしまったんだよ」

ぼくはひとことも信用できなかった。少なくとも三回は、そういう手口で、ぼくの命を奪おうとしかけた。しかしいまはたしかにあの蜘蛛に嚙まれたから、彼の手はすっかり腫《は》れあがっていた。

「おまえはわたしの甥《おい》だね」と、メダルドが言った。

「そうです」ぼくは少し面くらってこたえた。彼がぼくのことを正面から認めたのは、それがはじめてだった。

「すぐにおまえだとわかったよ」彼はそう言って、つけ加えた。「ああ、蜘蛛よ！　わたしにはひとつしか手がないのに、それをおまえは毒で傷つけた！　しかし刺したのがこの子の首筋でなくて、わたしの手だったのは、不幸ちゅうの幸《さいわ》いだった」

ぼくの知るかぎりで、叔父がこんな話しかたをしたことは一度もなかった。彼がついに本心を語った、いや急に善人に返ったのではないか、という疑いがぼくの脳裏をかすめた。が、すぐにそれを追いはらった。嘘《うそ》と罠《わな》とは彼の常套手段《じょうとうしゅだん》になっていた。

たしかに、彼はずいぶん変わったように見えた。残忍ないらだちの表情は消えて、悲しげにやつれた顔を見せていたが、それも蜘蛛に嚙まれた痛みと恐ろしさのためかもしれなかった。着ているものがいつもと少しちがう感じがしたのは、それがほこりにまみれていたためかもしれなかった。黒いマントは少しちぎれて、裾に栗のいがや枯れ葉がついていた。服地もいつもの黒いビロードではなく、すり切れたファスチン織りになっていた。また片脚もいままでのように革の長靴ではなく、青と白の縞模様《しまもよう》の毛の靴下に包まれていた。

ぼくは彼に興味がないことを示すために、うなぎがかかっていないか、と釣り糸を上げてみた。うなぎは影も形もなかったが、その代わり釣り針の先にダイヤをはめた金の指輪が光っていた。引き寄せてみると、そこにテッラルバの紋章が刻みこんであった。

子爵はぼくを見つめながら言った。「驚かなくていいんだよ。ここを通りかかったら、うなぎが釣り針にかかってもがいていた。それで苦労して放してやったのだ。しかし、そのあとで、自分のしたことが釣り人に引き起こす気の毒な事態を考え、それを指輪であがなおうと思ったのだ。それがわたしに残された最後の、金《かね》めのものだったから」

　ぼくは驚いて開いた口がふさがらなかった。するとメダルドが先をつづけた。

「そのときは釣りをしているのがおまえだとはまだ知らなかった。そのあとで草むらに眠っているおまえの姿を見つけたからだ。しかし、おまえを見た喜びもすぐ不安に変わった、おまえの上にあの蜘蛛がおりかけていた。それから先は、おまえも知っているとおりだ」こう言いながら、彼は紫色に腫れあがった片手を悲しげに見つめた。

　すべてが巧妙に仕組まれた、残忍な嘘かもしれなかった。しかしぼくは思った、彼の心がこのように一変したならばどんなにすばらしいことだろう、そしてセバスティアーナもパメーラも、またいままで彼の残虐さに苦しめられてきたすべての人びとも、どんなにか喜ぶことであろう。

「叔父さん」ぼくはメダルドに言った、「ここで待っていてください。乳母のセバスティアーナのところへ行ってきますから。あれは薬草のことならなんでも知っていますから、蜘蛛に嚙まれたときの薬をぼくにくれるでしょう」

「乳母のセバスティアーナか……」と、子爵は片手を胸の上に乗せて横たわりながら言った。「その後どうしている？」

セバスティアーナがじつは癩病にかかってはいないと言うほどまだ信用できなかったので、ぼくは言葉ずくなに語った。「ええ、まあまあです。ぼく、行ってもらってきますから」そして走りながらも、ぼくはこの奇妙な現象をセバスティアーナがどう思うか、たずねたい気持ちで胸がいっぱいだった。

ぼくはふたたび例の粗末な小屋で乳母に会った。走ってきたためと、いらだたしさとのあまりに、胸がやけそうだった。そして少し混乱しながら、ぼくはことのしだいを物語った。が、乳母はメダルドの善い心よりも、傷口のほうが気にかかっているらしかった。「赤い蜘蛛と言ったね、坊や？　わかりますとも、それならあの草ですよ……　いちど森の番人が大きく腕を腫らしたことがあった……　えっ、気だてが善くなった？　また、坊や、わたしに何を言わせたいのだね。あの子はいつもそうでしたよ、あの子だってそうだと思ってやらなければ……　それにしても、あの草をわたしはどこへ置いたのだろう？　湿布をしてやるだけでも充分ですよ。小さいときから腕白小僧だった、メダルドは……　そうそうあの草は、そういえば、袋に入れてしまっておいたのだっけ……　だけど、いつもこうでしたよ、けがをすると泣いて乳母のところへやって来て……　傷は深かったかい、坊や？」

「左手がこんなに腫れてしまって」と、ぼくは言った。

「おや、おや、坊や……」乳母は笑った。「左手ですって…… いったいどこに持っているのだろうね、メダルドさまは、左手を？ 遠いボヘミアに、トルコ人の国に、それは置いてきてしまったのだよ。ひどいことだ、あんなに遠くに、体の半分を、左側を、みんな置いてきてしまったなんて……」

「ああ、そうですね」とぼくは言った、「しかし……叔父さんが向こう側にいて、ぼくがこっち側にいて、叔父さんがこういうふうに手を向けていたから…… いったいこれは、どういうことなのだろう？」

「おやおや、右も左もわからなくなってしまったのかい？」乳母が言った。「五つのときから、それぐらいわかっていたはずですよ……」

ぼくはわけがわからなくなってしまった。たしかにセバスティアーナの言うとおりだ、そうするとぼくは何もかも反対に覚えていたことになる。

「それじゃ、この草を持っていっておやり、いい子だね」と、乳母に言われて、ぼくはその場を走り去った。

ぼくが息を切らして谷川のところへ戻ってくると、もう叔父の姿はなかった。そこらじゅう探してみたが、片手を毒で腫らしたまま、彼は姿を消してしまった。

日が暮れかけたころ、ぼくはオリーヴの林を歩きまわっていた。すると、黒いマントに身を包み岸辺の木の幹に寄りかかって立っている彼の姿が目に留まった。ぼくに背を向けて、彼は海を見つめていた。また恐ろしさがこみあげてきた。ぼくは糸のようにか細い声でかろうじて言った。「叔父さん、傷につける草を持ってきましたけど……」

半分の顔がさっと振り返って、狂暴な引きつりにゆがんだ。

「草だって？　なんの傷だ？」彼は大声で言った。

「傷につける、草です……」ぼくは言った。先ほどのやさしそうな表情は消えていた。ほんの気まぐれだったのだ。いまは、少しずつ以前の彼に戻っていた、あのいらだたしげな微笑を浮かべて。これではっきりした、やはりあれは作りごとだったのだ。

「そうか……いい子だな……そこの木の穴のなかに入れておいてくれ……あとでもらうから……」と彼は言った。

ぼくは言われたとおりに、木の穴のなかに手を入れた。そこはすずめ蜂《ばち》の巣だった。蜂がいっせいにぼくに飛びかかってきた。ぼくは蜂の大群に追われて走り出し、谷川の淵に跳びこんだ。水にもぐって、やっとのことで、すずめ蜂の群れをやり過ごした。頭を上げると、遠ざかってゆく子爵の、黒ぐろとした笑い声が聞こえてきた。

またもや彼はみごとに罠をかけた。しかしぼくにはわからない点がいくつか残った。それで、ぼくはトレロニー博士のところへ話しに出かけた。イギリス人の博士は、昔の墓掘り人夫の小屋のなかで、小さなカンテラをともしながら、めずらしくも人体解剖学の本にかがみこんでいた。

「博士」とぼくはたずねた、「赤い蜘蛛に嚙まれても人間は平気でいられるのですか?」

「赤い蜘蛛だって?」博士は跳びあがった。「ほかにも、赤い蜘蛛に嚙まれた者がいるのか?」

「ぼくの叔父さんの、子爵です」ぼくは言った、「乳母の薬草を持っていってあげたら、たしかに善い人になっていたのが、また悪くなっていて、ぼくの援助を断ったのです」

「たったいま、わしは赤い蜘蛛に嚙まれた子爵の片手を治療してきたところだ」と、トレロニー博士が言った。

「ねえ、言ってください、博士、あなたには善い人間に見えましたか、それとも悪い人間に見えましたか？」

それで博士はことのしだいをぼくに語った。

片手を腫らして草の上に横たわった子爵を残して、ぼくが立ち去ると、そこにトレロニー博士が通りかかった。彼は子爵の姿に気づいて、いつものように恐怖心に取りつかれ、茂みのあいだに隠れようとした。しかしメダルドは足音を聞きつけ、起きあがって叫んだ。「もしもし、どなたです？」イギリス人は思った、《隠れているのが、わしだとわかったら、どんなひどいめにあわされるか知れやしない！》それで、そっと逃げ出そうとした。しかし彼は足をすべらせて、急流の淵に落ちてしまった。長い航海生活をしてきたにもかかわらず、トレロニー博士は泳ぎを知らなかったので、深みのなかでやたら手足を動かしながら救いをもとめて叫んだ。すると子爵が言った、「待っていなさい」彼は岸辺におりて、そこに張り出した木の根を痛む手で握りながら、水に向かって体を伸ばし、自分の足に博士をつかまらせた。背が高いうえに半分に痩せていたから、彼は博士を助けるための一本の綱のように見えた。

こうしてふたりは助かり、博士は小さい声で言った。「ああ、ああ、閣下……ありがとうございます、本当に、閣下……　お礼の申しあげようも……」そこで、彼は子爵の前でくしゃみをした。風邪を引きかけていたのだ。

「気をつけてくださいよ！」メダルドが言った。「さあ、これを着てください、どうぞ」彼は自分のマントを相手の肩にかけてやった。

博士は断りながらも、すっかり頭が混乱してしまった。すると子爵が言った、「着なさい、あなたのものです」

そのときだった、トレロニーがメダルドの腫れた手に気づいたのは。

「何に刺されたのでございますか？」

「赤い蜘蛛にです」

「手当てをさせてください、閣下」

そして彼の墓掘り人夫の小屋へ子爵を連れてゆき、腫れた手に薬を塗り、包帯を巻いた。そのあいだにも子爵は思いやりのあるていねいな口調で話した。ふたりは近いうちにまた会って友情をあたためあう約束をした。

「博士！」ぼくは彼の話を聞き終わってから言った。「あなたが治療をした子爵はそのあとすぐにまたもとの残忍さに戻って、ぼくにすずめ蜂の大群をけしかけたのです」

「それはわしがなおしたほうではない」そう言って博士は目ばたき《ま》をして見せた。

「というと、どういう意味ですか、博士？」

「そのうちにわかるだろう。いまは、誰にもその話をしてはいかん。そしてわしには、わしの研究をさせてくれ、争いの時が迫っているのだから」

トレロニー博士はそれ以上ぼくを相手にしないで、彼らしくもなく人体解剖学の本に没頭してしまった。彼は胸のなかで何か企《くわだ》てていたにちがいなかった。それからあとは毎日、考えこんで、寡黙になっていった。

しかし、あちこちから、メダルドの二重の性格についての情報が届きはじめた。森のなかで道に迷った子供たちが恐怖のうちに松葉杖のまっぷたつの男に追いつかれ、手を引かれ、めずらしい花やお菓子をもらって、家に送り届けられた。気の毒な寡婦は薪《たきぎ》の束の運搬を手伝ってもらった。まむしに嚙まれた犬が手当てを受けたり、不思議な贈り物が貧しい家の出窓や敷居で見つかったり、また風で吹き倒された果樹が持ち主の気づかぬうちに植えなおされ、根もとに土盛《ども》りがされたりした。

と同時に、黒マントに身を包んだまっぷたつの子爵の出現は暗い事件の痕《あと》を残していった。赤ん坊がさらわれ、しばらくたってから、入口を石でふさがれた洞穴《ほらあな》のなかに閉じこめられているのが見つかった。倒木や岩が老婆の上に崩れ落ちてきた。ようやく熟したかぼちゃが、心ないいたずらに砕かれた。

しばらくまえから子爵の石弓はつばめを狙いつづけていた。つばめを殺すのではなく、傷つけるのが目的だった。けれどもいまでは、小さな足に包帯を巻き、添え木を当て、翼を蠟《ろう》や糊《のり》で固めたつばめが、空に見られるようになった。こういう変な恰好《かっこう》のつばめの大群が、鳥の病院の回復期の患者のように、いっしょになって用心深く飛んでいた。そして信じがたいことではあるが、その医者がほかならぬメダルドだ、といううわさでもちきりだった。

あるとき、遠く離れた荒れ地で、パメーラは山羊とあひるごと嵐に襲われた。近くに小さい洞穴が、というよりも岩の小さい窪《くぼ》みが、あったことを思い出して、彼女はそこへ向かった。しかし窪みからすり切れたつぎだらけの長靴がはみ出していた、そしてなかに黒いマントに包まれた半分の体がうずくまっていた。彼女は逃げ出そうとした。が、そのまえに子爵のほうが気づいて、降りしきる雨の下に出てきて言った。

「ここにお入りなさい、娘さん」

「いいえ、そうするわけにはいきません」パメーラが言った、「だってそこには、ひとり入るのがやっとですもの。それにあなたは、あたしを押しつぶしてしまうでしょう」

「こわがらなくていいのだ」と子爵が言った。「わたしは外に出ているから、きみは山羊やあひるといっしょに好きなようにするがいい」

「山羊やあひるは雨にぬれてもかまわないのです」

「いや、動物たちも入れてやらなければ」

子爵の奇妙な善意のうわさをパメーラも聞いていたから、心のなかで思った。《少しようすを見てみよう》そして二匹の動物にはさまれながら洞穴のなかにうずくまった。子爵はその前に立ちはだかり、あひるや山羊までが雨にぬれないよう、テントみたいに、彼のマントをかざしていた。パメーラはマントをかざす彼の手を見て少し考えこんでしまった。そして、自分の両手をつくづくと見返してから、片方ずつ彼の手とくらべていたが、やがて大声で笑い出してしまった。

「きみが陽気になってくれたので、わたしも満足ですよ、娘さん」と子爵が言った。

「でも、失礼ですが、なぜ笑ったのです?」

「村人たちの頭を狂わせていた理由がわかったので、笑ったのよ」

「というと?」

「あなたは少し善くて少し悪いのだわ。これで何もかもあたりまえになった」

「なぜ?」

「なぜって、あなたが別の半分だということに気づいたのよ。お城に住んでいる子爵、あれが、悪い半分。そしてあなたが、別の半分。戦争でこなごなになってしまったと思われていたのが、いま帰ってきたのね。つまり、善い半分が」

「どうもありがとう、ご親切に」

「あら、そのとおりなのだから、別にお世辞を言うつもりなんかないわ」

そういうわけで、以下は、その日の夕方パメーラが聞いたままのメダルドの話である。じつは、大砲の玉は彼の体の残り半分をこっぱ微塵《みじん》に吹き飛ばしたのではなく、彼をまっぷたつにしたのであった。そして半分だけが味方の負傷者収容班に発見され、残る半分はキリスト教徒と回教徒の死骸の山の下に埋もれて、見つからなかった。その夜更けに、戦場の跡を、ふたりの隠者が通りかかった。自分たちの厳しい戒律に従っていたためか、それとも降神術を忠実に実行していたためか、その辺のことはよくわからなかったが、戦乱の世にまま見受けるように、彼らは両陣営のあいだの無人の土地に住んでいた。そしておそらく、キリスト教の三位一体《さんみいったい》とマホメットのアラーとをいっしょにしようと、試みていたにちがいない。ふたりの隠者はメダルド子爵の埋もれた半身を見つけると、彼ら独特の奇妙な憐《あわ》れみの情から、それを自分たちの洞穴に持ち帰り、手厚く秘法の香油と軟膏《なんこう》とを塗って、ついにその命を救ったのであった。負傷者は体力が回復するとすぐに命の恩人たちに別れを告げ、松葉杖で片脚を引きずりながら、何年も、何カ月もかかって、キリスト教徒の諸国を越え、みちみち善行で人びとの目を見はらせながら、自分の城へと帰ってきたのである。

善い半分の子爵は自分の身の上をパメーラに語り終えると、こんどは羊飼いの娘に彼女の身の上を語らせた。そこでパメーラは悪いメダルドが彼女に仕掛けた罠のことや、彼女が家を逃げ出して森をさまよっているわけを、相手に話してきかせた。パメーラの話に善いメダルドは深く感動した。そして、追いつめられた羊飼いの娘のうるわしい心に、悪いメダルドの不安に満ちた悲しさに、またパメーラの貧しい両親のさびしさとに、それぞれ平等に憐れみの情を注いだ。

「あの人たちにまで！」と、パメーラは言った。「あたしの両親はふたりの年とった追いはぎよ。あの人たちに同情することなんかないわ」

「おお、パメーラ、あの人たちがどんなに悲しいか、考えてあげてごらん。いまごろあの古い家で、自分たちの身を心配してくれる者もなく、さびしく畑仕事や家畜小屋の手入れまでしなければならないのだ」

「家畜小屋なんか、あの人たちの頭の上に崩れ落ちればいい！」パメーラが言った。「どうやら、わかってきたわ。あなたは少しお人好しね。ありとあらゆる悪事をたくらむ半分にまで同情して、怒ろうとしないのだから」

「どうしていけないのだ？　わたしは半身であることのつらさを知っている、わたしは彼を憐れまないではいられない」

「でも、あなたはちがうわ。あなたも半分の体だけれど、あなたは善い心の持ち主だわ」

するとと善いメダルドが言った。「ああ、パメーラ、そこがまっぷたつにされているものの良い点なのだよ。この世のすべての人が、そしてすべての生き物が、それぞれに不完全であることのつらさに気づいてさえくれれば。かつて、完全な姿をしていたときには、わたしもそれがわからなかった。そしていたるところにばらまかれた傷や苦しみに気づかずに、わたしは平気で歩きまわっていた。完全な姿のものには、なかなか信じがたいのだ。パメーラ、わたしだけではないのだよ、引き裂かれた存在は。あなたも、そしてすべてのものが、そうなのだ。いまにしてようやく、わたしは、かつて完全な姿のときには知らなかった連帯の感覚をもっている。それはこの世のすべての半端な存在と、すべての欠如した存在とに対する連帯感だ。パメーラ、わたしといっしょに来てくれたら、きみもすべての人間が自分の悪に苦しんでいることを学んでくれるだろう。そして自分の悪をなおしながら、彼らの悪をなおすことを学んでくれるだろう」

「それはとてもすばらしいわ」パメーラが言った、「でも、あたしはいま、ひどいめにあっているのよ、あなたのもうひとつの半分があたしに恋しているおかげで。何をされるかも、わからないのよ」

嵐が通り過ぎたので、ぼくの叔父はマントをおろした。

「わたしもきみに恋しているのだよ、パメーラ」

パメーラは洞穴の外に跳び出した。「うれしいわ！　空に虹がかかっている、そしてあたしは新しい恋人を見つけた。こんどの人もまっぷたつだけれど、気だてはとてもやさしい」

ふたりはまだ雫《しずく》をしたたらせている木の枝の下をぬかるみの小道から小道へと歩いていった。子爵のまっぷたつの口が甘く不完全な微笑にゆがんでいた。

「じゃ、これからどうしましょうか?」と、パメーラが言った。

「わたしはきみの両親のところへ行ってみよう。かわいそうに、あの人たちの仕事を少しでも助けてあげたいのだ」

「行きたければ、あなたひとりで行って」パメーラは言った。

「行くとも、わたしはそうしてあげたいのだよ」と、子爵は言った。

「あたしはここに残るわ」パメーラはそう言って、あひると山羊といっしょに動こうとしなかった。

「いっしょに善い行ないをすること、それがわたしたちの愛の唯一の方法なのだ」

「残念だわ。あたしはもっと別の方法があると思ってきたの」

「さようなら、かわいいひとよ。きみにアップルパイを持ってきてあげるね」そして彼は松葉杖を苦しげに突きながら小道を遠ざかっていった。

「山羊さん、あなたはどう思う？　あひるさん、あなたはどう思う？」パメーラはひとりになると、仲よしの動物たちにたずねた。「どうしてあたしのところに来るのは、ああいう人たちばかりなのかしら？」

8

はじめの半分は悪かったが、それと同じぐらい善い残り半分の子爵が帰ってきた、という知らせがひろまると、テッラルバの生活は大きく変わった。

朝はやくから、ぼくはトレロニー博士の往診のお供《とも》をした。博士は少しずつ医者の仕事をはじめるようになっていた。長年のたび重なる飢饉《ききん》のために体力の弱ったぼくたちの地方の人びとが、どれだけたくさんの病気に苦しんでいるか、そしてそれらの病気を以前には一度も治療しようとしなかったことを、反省したからだった。

田舎道を歩いてゆくと、叔父はぼくらのために目じるしをつけておいてくれた。もちろん、善いほうの叔父である。彼は毎朝、病人の家と、貧乏人や年寄りなど、急な援助を必要とするすべての人びとの家を、まわっていた。

バッチッチャの果樹園では、ざくろの木が熟した実をつけていた。そしてそれらのひとつひとつが小ぎれでまわりをくるんであった。ぼくらにはバッチッチャが歯をわずらっていることがわかった。果樹園の持ち主が病気で実を摘みに外に出られないため、ざくろがつぶれて落ちないように、ぼくの叔父は小ぎれを巻きつけたのだった。しかしそれはまた、トレロニー博士に対して、通りかかったさいに病人を訪ねることと、歯の治療の道具を持ってゆくことの、合図でもあった。

司祭のチェッコはテラスの上にひまわりの鉢をもっていた。が、それは痩せていて、一度も花を咲かせたことがなかった。その朝、ぼくらは欄干《らんかん》に三羽のめんどりが結わえつけられ、餌《えさ》を食べては、ひまわりの鉢のなかに白い糞《ふん》をしている光景にぶつかった。ぼくらには司祭が下痢を起こしていることがわかった。ぼくの叔父はめんどりをつないでひまわりに肥料をやると同時に、そこが緊急の患者の家であることを、トレロニー博士に告げていた。

老婆のジロミーナの階段では、ドアに向かってのぼってゆくかたつむりの跡が見えた。煮て食用になるかたつむりだった。叔父が森からジロミーナのところに持ってきた贈り物だったが、同時に気の毒な老婆の心臓病が悪化していることを、また医者は彼女を驚かさないようにそっとなかへ入らなければいけないことを、告げていた。

これらの目じるしはみな、あまり急に医者を差し向けて、病人を驚かせてはならないという配慮から、善いメダルドがつけたものであり、またトレロニーがどういう手当てをしたらよいか、敷居をまたぐまえにひと目でわかるようにさせるためのものであり、そうすることによって他人の家に足を踏み入れたがらない彼の性癖を少しでもやわらげさせ、原因のわかりにくい病人に彼を近づけさせようとするためのものであった。

突然、谷間に警報が伝わった。「《悪半《あくはん》》だ！　《悪半》が来るぞ！」

ぼくの叔父の悪い半分が馬に乗って近くに姿をあらわしたのだった。誰も彼もが走って隠れた。そして誰よりも早く、まずトレロニー博士が隠れ、そのあとにぼくがつづいた。

ぼくらがジロミーナの家の前を通ると、階段の上のかたつむりはつぶされて、そこらじゅうに粘液と殻《から》とが散らばっていた。

「ここはもう通ったあとだ！　急げ！」

司祭のチェッコのテラスでは、めんどりたちがトマトを干すときの簀子《すのこ》につながれ、せっかくの神の恵みの収穫物を台無しにしていた。

「急げ！」

バッチッチャの果樹園では、ざくろの実がひとつ残らず地面に叩き落とされ、空《から》になった小ぎれの包みが枝先にぶらさがっていた。

「急げ!」

こうしてぼくたちの村の生活は慈悲と恐怖のあいだを往《ゆ》きつ戻りつした。《善半《ぜんはん》》は(もういっぽうの《悪半》に対してぼくの叔父の左半身はこう呼ばれるようになった)いまや聖人の列に加えられんばかりであった。体のきかない人や、貧乏人や、だまされた女や、心に苦しみをもつすべての人びとが、彼のもとに走り寄った。それを利用すれば彼が子爵になることとぐらいわけもなかったであろう。しかし彼は相変わらず放浪をつづけて、ちぎれた黒いマントに半身を包み、松葉杖を突き、つぎはぎだらけの青と白の縞《しま》の靴下をはいて、善を乞う者にはもちろん、彼を悪《あ》しざまに追いたてる者にまで、平等に善行を施しつづけるのだった。そして山あいで足を折った羊も、酒場で刃物を振りまわした酔っぱらいも、夜なかに愛人のところへ急いだ不倫の妻も、その他誰《た》ひとりとして、天から降ってわいたように目の前に姿をあらわした、黒ぐろと痩せた、甘い微笑の人影の、手厚い看護と、忠告と、凶事や罪の予言の恩恵を、受けない者はいなかった。

パメーラは相変わらず森のなかで生活していた。彼女は二本の松のあいだにぶらんこを作り、頑丈なほうに山羊を乗せ、もうひとつの軽いほうにあひるを乗せて、いっしょに何時間も身を揺らして遊んでいた。しかし、一定の時間がくると、松林のなかを苦しげにかきわけながら、《善半》が荷物を肩にかついでやって来た。それは乞食《こじき》や孤児や身寄りのない病人たちのところから集めてきた洗濯物や繕い物《つくろもの》の山だった。彼はそれをパメーラに洗わせることによって、彼女にも善い行ないをさせようとしていた。パメーラは森のなかにいるのに飽きてきていたから、小川に出てそれを洗い、彼の手助けをした。そして彼女が洗濯物をぶらんこの綱にすっかり張りわたすと、《善半》は岩の上に腰をおろして『エルサレム解放』(トルクァート・タッソの大叙事詩)を彼女に読んできかせた。

パメーラには読書はなんのたしにもならなかったから、草の上に横になって退屈しのぎに、虱《しらみ》をとったり(森のなかで生活しているとどうしても獣《けだもの》みたいになりがちだから)、お尻のかゆいところをかいたり、ばら色のはちきれそうな脚の線を眺めたりしていた。《善半》は本のページから目を上げずに、八行韻詩《いんし》をつぎつぎに読んできかせては、なんとかして田舎そだちのこの娘のお行儀をなおそうとした。

しかし、彼女は話の筋を追ってゆけずに、ただ退屈するばかりだったから、こっそり山羊をけしかけて《善半》の半分の顔をなめさせ、あひるには本の上に乗らせようとした。《善半》は一歩、跳びすさって、閉じた本を差しあげた。が、まさにその瞬間、《悪半》が木立ちのあいだから馬で駆け寄り、鋭い大きな鎌《かま》を《善半》に振りおろした。鎌の刃先はちょうど本に当たり、それを縦にまっぷたつに切り裂いた。本の背側の半分は《善半》の手に残り、他の半分は断ち切られて千々《ちぢ》に空中に散らばった。《悪半》は馬を飛ばして姿を消した。明らかに、彼は《善半》の首を鎌で切り落とそうとしたのだが、ちょうどその瞬間に、二匹の動物が跳びかかったのであった。白い縁取りのついた、まっぷたつのタッソの詩の紙片が、風に乗って舞いあがり、笠松の枝や、草原の上に、また谷川の急流の上に降った。その白く舞う紙吹雪を崖の端《は》から見おろしながらパメーラが言った。「きれいだわ!」

数枚の半紙がトレロニー博士とぼくの歩いていた小道の上にまで飛んできた。漂うその一枚をつかまえると、博士はそれをぐるぐるとまわして眺めていたが、頭も尻尾もないそれらの詩句の意味が汲《く》みとれずに、しまいに首を横に振った。

「何もわからんじゃないか……ちぇっ……ちぇっ」

《善半》の名はユグノー教徒のあいだにも聞こえてきた。年老いたエゼキエルが黄色いぶどう畑の高みにたたずんで、谷間から登ってくる小石まじりの山道をじっと見つめるようになった。

「父上」息子のひとりが言った、「誰かが来るのを待つみたいに谷間を見つめておられますね」

「さる人を待っているのじゃ」エゼキエルがこたえた、「心の正しい人を、信頼をこめて。そして心の不正な人に対しては、恐れをこめて」

「もうひとりの《片脚》を、待っておられるのですか、父よ?」

「おまえもそのうわさを聞いたか?」

「谷間では、それでもちきりです、《左腕》のうわさばかりです。この上までやって来るでしょうか?」

「わしらの土地に善良な人びとが住み、彼もまた善良な心の持ち主であるならば、どうして来ないわけがあろうか」

「松葉杖で歩く者には山道は険しすぎましょう」

「それを登るのに馬をつかった《片脚》の前例もあるではないか」

エゼキエルの話し声を聞きつけて、ぶどう畑の木陰から、ほかのユグノー教徒たちが集まってきた。そして子爵のことが話題になっていると知るや、身をふるわせて、みな黙ってしまった。

「われらの師父、エゼキエルよ」と彼らは言った、「あの夜、《細身》が来て、落雷が茨の茂みをなかば焦がしたとき、いつかもっと善い心の旅人が訪れるであろうとあなたは言われた」

エゼキエルはひげを胸もとまで下げてうなずいた。

「師父よ、いま話されていたのは、魂も肉体もあれとはまったく逆でありながら、同じような《半身》のことでございましょうか？　あれが残忍であったのと同じぐらい敬虔《けいけん》なもうひとりの《半身》。それが、あなたの予言された旅人なのですか？」

「それは、いかなる道の、いかなる旅人であってもよい」エゼキエルは言った、「だから、彼であってもよい」

「それならば、われら一同も彼であることを望んでいます」と、ユグノー教徒たちは口ぐちに言った。

エゼキエルの妻がぶどうの枯れ枝を乗せた手押し車を押して、前をしっかり見すえながら進み出た。「わたしたちはいつの世にもあらゆる善きものを願います」彼女は言った、「しかし、たとえわたしたちの山道を歩きまわるものが戦いに傷ついた哀れな半身だけになっても、その魂の善悪にかかわらず、わたしたちはわたしたちの正義にもとづいて毎日の行ないをつづけ、わたしたちの畑を耕しつづけねばなりますまい」

「それは承知しています」ユグノー教徒たちがこたえた、「われらがそれに逆らう言葉をいつ言ったでしょうか？」

「みながわかっていれば、それでよいのです」女が言った、「一同、鍬《くわ》や干し草の仕事に戻りましょう」

「ペストに飢饉だ！」エゼキエルが怒鳴った。「誰が鍬の手を休めてよいと言ったか？」

ユグノー教徒たちはぶどうの木のあいだに散って、畝《うね》のなかに放り出してあった道具をふたたび手にした。が、その瞬間、父のすきをついて、エサウはいちじくの木に跳びつき、未熟の実をいくつか口にほおばってから叫んだ。「あれを見ろ！　誰かが、らばに乗ってくるぞ」

たしかに一頭のらばが荷鞍《にぐら》に半身の男をくくりつけて坂道を登ってきた。《善半》だった。よぼよぼの、骨と皮のその動物が、屠殺《とさつ》をするにさえ値しないほどやつれて、急流のなかで溺《おぼ》れ死《じ》にしかけていたのを、彼は買いとったのだった。

《なにしろ、わたしは他人の半分の重さしかないのだから》と彼はひとりごちた、《このよぼよぼのらばでも、運んでもらえるだろう。せっかく動物の背に乗れたからには、少しでも遠くまで出かけて、善を施したいものだ》こうして、彼はまず最初の遠出としてユグノー教徒に会いに来たのだった。

ユグノー教徒たちは整列し、直立不動の姿勢で、聖歌をうたって、彼を迎えた。老師は彼に近づいて、兄弟のごとく挨拶した。らばからおりて《善半》も、うやうやしく彼らの挨拶にこたえた。そして眉をしかめた硬い表情のエゼキエルの妻の手に口づけをすると、つぎに一同の健康をたずね、片手を伸ばしてエサウの麻のような髪をなでようとした。が、少年は跳びすさった。それから彼らひとりひとりにつらいことはないかとたずね、迫害の一部始終を彼らに語らせては、それに感動して激しく憤《いきどお》った。

もちろん、彼らは異端の宗教を主張したのではなく、人間ぜんたいの罪に帰すべき一連の悲運として、彼らの身の上を語った。メダルドは自分が属する教会の側から迫害が起こったことには触れないでおいた。またユグノー教徒も自分たちの信仰については教義上の誤りを犯すことを恐れてあえてこだわらなかった。こうして、彼らの話は漠然とした慈愛のことに落ち着き、いっさいの暴力といっさいの過激な行動とを否定する点で意見の一致をみた。たしかに両者の意見は一致した。が、どことなくそらぞらしい気配も残った。

それから《善半》は畑を見てまわり、そのとぼしい収穫に同情したが、ライ麦だけは豊作であると聞いて満足した。

「いくらでお売りですか?」彼はたずねた。

「ポンドあたり三スクードです」と、エゼキエルがこたえた。

「ポンドあたり三スクード? しかしテッラルバの貧しい人びとは飢え死にしそうなのです。彼らはひと握りのライ麦も買えないのです! 友よ、あなたがたはごぞんじないかもしれませんが、平地では、雪のためにライ麦の収穫が台無しになってしまったのです。そしてあのたくさんの家族たちを飢えから救うことができるのはあなたがたしかいないのです」

「それは知っております」エゼキエルが言った、「だからこそ、わしらはよい値で売ることができるのです……」

「しかし、もしもあなたがたがライ麦の値段を下げたら、あの貧しい人びとにどれだけの慈悲を施すことになるか、考えていただきたい……　あなたがたがどれだけの善をなすことができるか、考えていただきたい……」

老いたエゼキエルは腕を組んで《善半》の前に立ちつくした。ほかのすべてのユグノー教徒たちも彼のまねをして腕を組んだ。

「慈悲を施すことは、兄弟よ」と彼は言った、「値段を考えなおすことではない」

《善半》は畑から畑を歩いてまわり、年老いた骨と皮だけのユグノー教徒たちが日光に照りつけられながら鍬をふるっているのを見た。

「顔色がすぐれぬようですが」と、ひどく長いひげを生やしているので、ときどきそれに土をかけてしまう老人に、彼は話しかけた。「もしかしたら、気分が悪いのではありませんか？」

「いや、六十の年で、ひと皿のかぶらのスープを腹に入れ、一日十時間、鍬を取って耕す人間にしては、まだぐあいのよいほうじゃ」

「わしの従弟《いとこ》のアダムです」と、エゼキエルが言った。「なかなかの働き手です」

「しかしあなたぐらい年をとったら、休んで栄養をとらなければいけません！」と《善半》が言いかけると、エゼキエルはいきなり彼の手を取って引き離した。

「兄弟よ、ここでは、すべての人間が激しくつらく働いて、自分の食べ物を得るのです」彼の口調は相手の言葉を封じるように厳しかった。

最初に、らばから降りたばかりのとき、《善半》はその動物を自分の贈り物にしたいと思っていた。それで、登り道の労力をねぎらうためにも、その動物にからす麦をひと袋やってくれるように頼んだ。エゼキエルと彼の妻は顔を見合わせた。彼らはふつう、らばには野生のちさをひと握り食べさせるだけにしていたからだ。しかし客人を迎え入れた、もっとも熱烈な瞬間であったから、彼らもからす麦を運んでこさせた。が、いま考えなおしてみると、老エゼキエルにはどうしてもあの骨と皮だけのらばに貴重なからす麦をやる気にはなれなかった。それで客人には聞こえないようにエサウを呼び寄せ、少年に言いつけた。

「エサウ、見つからないようにらばのところへ行って、からす麦を取りあげ、何か別のものを食わせてやれ」

「ぜんそく用の薬草でも？」

「とうもろこしの芯か、エジプト豆のさやぐらいを、適当にやれ」

エサウは出かけていって、らばから餌の袋を取りあげたが、そのとき蹴とばされて、しばらくのあいだ足を引きずって歩かねばならなかった。仕返しに、彼は残っていたからす麦を隠して、自分のために売ることにした。そしてらばがそれをみな食べてしまった、と言った。

日は暮れかけていた。《善半》はユグノー教徒たちといっしょに畑のなかにいたが、彼らはもはやたがいに口にすべき言葉を知らなかった。

「客人よ、わたしたちにはまだ一時間は、たっぷり労働の時間が残されているのです」と、エゼキエルの妻が言った。

「では、お邪魔になるので、おいとましましょう」

「客人よ、お達者で」

こうして善いメダルドはまたらばに乗って引き返した。

「戦いに傷ついた気の毒なかただ」彼が立ち去ると、女は言った。「この地方にどれだけああいう人たちがいることか！　気の毒に！」

「本当に、気の毒に」一族がまた集まってきた。

「ペストに飢饉だ！」老エゼキエルはそう叫びながら、畑を見てまわった。そして不出来な作物と日照りの被害とを前にして、拳《こぶし》を差しあげた。「ペストに飢饉だ！」

9

ときどき、朝はやくから、ぼくはピエトロキョードの店に出かけて、親方が腕をふるって作っている機械の見学をした。車大工《くるまだいく》はますますつのってゆく悔恨と煩悶のうちに暮らしていた。というのも夜になると《善半》がやって来て、彼の発明品の不正な目的を責めたからである。そして善意のための機械を作り、残虐の渇きをいやすための機械を作ってはならない、と彼にさとすのだった。

「しかし、それなら、どんな機械を作ればよろしいのですか、メダルドさま?」

と、ピエトロキョードはたずねた。

「いま説明してあげるから。たとえば、こういうものを……」《善半》は別の半分のように自分が子爵の地位にあったら、きっとこういうものを注文するだろうと言って、見取り図を書きはじめた。それは説明を加えるたびに、ますます混乱した図面になっていった。

ピエトロキョードは初めのうちそれがオルガンだとばかり思っていた。鍵盤の動きでこの世のものとは思えぬ甘いメロディーを流す巨大なオルガン。それゆえさっそく音管に適当な木を探そうと考えかけた、しかしそのとき《善半》が話し出した別の言葉で頭のなかがこんがらがってしまった、というのもその音管のなかには空気を通すのではなく粉を通すのであるからだった。要するに、それはオルガンであると同時に、貧乏人のために粉をひいてやる水車だった。また、それに炉をつけて、パンが焼ければさらによいというのだった。《善半》は日に日に彼の考えを完成させてゆき、何枚も何枚も設計図を書きなぐっていった。しかしピエトロキョードはしまいに彼の考えについていけなくなってしまった。なぜなら、この《オルガン＝水車＝炉》は井戸から水を汲《く》みあげて、ろばの苦役まで減じてやらねばならなかったし、またあちこちの村の要求を満たすために車をつけて移動できるものでなければならなかったからだ。そのうえ日曜には、空中に浮いて、まわりにたくさんの網をつけ、害虫の蝶々をつかまえなければならなかったからだ。

それで車大工は、もしかしたら善い機械を作ることは人間の力を超えているのではないか、と疑うようになってしまった。なにしろ、実際に作り出されて、正確に動く機械は、絞首台や拷問台ばかりのような気がしてきたからだ。じじつ、《悪半》がピエトロキョードに新しい機械のヒントを与えただけで、親方の頭にはすぐにそれを実現する方法が浮かんできたし、ただちにその仕事に取りかかることもできたし、またどんなに細かい部分もまちがいなく完全に作りあげることができた。そうしてできあがった道具は、彼の技術と才能のみごとな結晶であることが、明らかだった。

親方の心は悲しかった。「もしかしたら、わたしの心のなかには悪の巣があって、そのためにこのように残虐な機械ばかりを作ってしまうのではないだろうか？」しかし、そう思いつつも、熱心に腕をふるって、彼は新しい拷問の道具をつぎつぎに作っていった。

ある日、奇妙な形の処刑台のまわりで、親方が立ち働いているようすを、ぼくは見かけた。内側に黒い木の板が張ってあり、それに囲まれた白い絞首台があって、同じく白い紐《ひも》が、ちょうど輪の結び目のところで、板に開けられたふたつの穴から通してあった。

「これはなんですか、親方？」と、ぼくは彼にたずねた。

「片顔の首を縛る台だよ」彼が言った。

「誰のためにに作ったのです?」

「処刑すると同時に処刑される男のためにだよ。片方の半分の頭で自分の死刑を宣告し、もう片方の半分の頭を紐の輪のなかに入れて、最後の息を引きとるのだ。あのふたりが、まちがえて、入れかわってくれればいいのだが」

善い半分の人気が高まってきたのを知って、《悪半》が早急に相手を殺すと決めたのだった。

その証拠に、警官たちを召集して、彼は言った。

「ひとりのあやしい浮浪人が、だいぶまえから、不和の種をまきながらわたしたちの土地を荒らしている。明日までに、その犯人を捕えて、死刑にせよ」

「かしこまりました。殿下」警官たちはこたえて、立ち去った。《悪半》はやぶにらみだったので、彼にこたえながら警官たちがたがいに目くばせをしたことに気づかなかった。

そのころ、城のなかでは秘密の計画がたてられていた。警官たちもそれに加わっていた。要するに、いまの半分の子爵を捕え、監禁して、城と爵位とを別の半分に明けわたそうという計画だった。しかし善い半分のほうはまだ何も知らされていなかった。

そして夜、住み家《すか》にしていた干し草小屋で目を覚ましてみると、彼は警官たちに取り囲まれていた。

「こわがらなくてよいのです」と、警官の隊長が言った。「子爵はあなたを殺すよう、わたしたちを派遣したのです。しかしわたしたちは、彼の非道な悪政に飽きて、彼を虐殺し、その代わりにあなたに爵位を襲っていただく決心をしたのです」

「なんという恐ろしい話だ。で、もう、してしまったのか？　つまり、もう、子爵を虐殺してしまったのか？」

「いいえ。でも、まちがいなく午前中にはすませます」

「ああ、よかった！　断じて、断じて、他人の血を流してはならない。血はもうあまりにも、流れすぎた。犯罪から生まれた君主に、どれほどの善が施せようか？」

「たいしたことではありません。せめて、彼を塔に押しこめて、安らかに毎日を過ごしたいのです」

「彼に手をくだしてはいけない。そして誰にも。これはわたしの願いだ！　わたしも子爵の横暴さには心を痛めている。しかし善い行ないの手本をして見せる以外に、彼を救う方法はないのだ。彼にやさしくしてやり、わたしたちの正しさを見せてやるのだ」

「それでは、あなたのほうを殺さねばなりません」

「それはいけない！　いまも言ったように、誰のことも殺してはいけないのだ」

「どうしたらよいのです？　子爵を倒さなければ、わたしたちは彼に従わねばならないのです」

「この薬瓶《くすりびん》を持っていきなさい。このなかには、軟膏《なんこう》がまだ少しだけ残っている。これでボヘミアの隠者たちがわたしの体をなおしてくれたのだ。時がたつにつれて、無数の傷口の縫い目が痛むとき、いままでどれほどこれが大切であったか。これを子爵に持っていって、ひとこと言ってやってください。詰まった血管をもつことがどれほどつらいものか、それを知っている者からの、これは贈り物だ、と」

警官たちはその薬瓶を持って子爵のところへ行った。子爵は彼らを絞首刑に処した。同僚たちを救うために、密計に加わった他《た》の警官たちも、立ちあがった。しかし反乱の糸はつぎつぎにたぐられて、彼らはあえなく血の海に沈んだ。《善半》は彼らの墓に花を運び、寡婦や残された子供たちをむなしく慰めた。

た。《善半》の善意に一度も心を動かさなかったのは、年老いたセバスティアーナだった。《善半》は自分の熱烈な企《くわだ》てを実践しながら、乳母の小屋にときどき立ち寄っては、そのたびにやさしく彼女のきげんをうかがった。それなのに、乳母のほうは毎回、彼にこごとを言うのだった。おそらく一種の母性本能から、またおそらくは人間の力に計り知れぬ無意識の予感から、乳母はメダルドがまっぷたつに分かれてしまったことをあまり重視していなかったのだろう。別の半分がした悪事を、彼女はおかまいなしに、目の前の半分に向かって叱りつけた。そして別の半分に与えるべき忠告を、おかまいなしに、目の前の半分に向かって与えるのだった。

「なぜ、おまえはビジン婆さんのにわとりの首を切ったりしたのだ？　かわいそうに、あのひとの、たった一羽のにわとりだったのに。そんなに大きななりをして、なんという悪さをするのだ……」

「どうして、そんなことをわたしに言うのです、乳母よ？　わたしでなかったことぐらい、知っているでしょうに……」

「これはご挨拶だね！　じゃ、うかがいますが、誰だったと言うのだい？」

「わたしです。でも……」

「それ、ごらん！」

「でも、ここにいるわたしではなくて……」

「そうかい、わたしが年寄りなものだから、ばかにする気なのだね？　おまえが嘘《うそ》をついているのを聞くと、わたしにはすぐにわかるんだよ、どちらのおまえだか。だから、わたしは胸のなかで言うのだ、またメダルドがここに足を突っこんだなって……」

「でも、まちがってばかりいますよ！……」

「わたしがまちがう……　わたしら年寄りがまちがうと、おまえたち若い者はふたことめに言うけれど……　そういうおまえたちはどうなのだね？　おまえは年老いたイシドーロにおまえの杖を贈った……」

「ええ、それはこのわたしです……」

「それが、自慢なのかね？　そのおかげで、あの年寄りの奥さんは、ひどく叩かれたのだよ、かわいそうに……」

「でも、痛風で歩けないから、と彼が言うので……」

「嘘ですよそれは……　で、おまえはすぐに杖を贈った……　おかげで彼の奥さんは背骨を折った、そしておまえは又木《またぎ》の枝を杖の代わりにしている……　おまえは頭がないのかね。どうだろう、おまえのやることは！　いつもそうなのだから！　あれはいつだったかね、おまえがベルナルドさんの牡牛《おうし》をグラッパで酔わせてしまったのは？……」

「それはわたしじゃなくて……」

「おや、おまえじゃなかったというのかね！　世間じゃ、みんなおまえだと言っていますよ。またあいつだ、あの子爵だ！　と」

《善半》がしばしば《きのこ平《だいら》》を訪れたのは、乳母にやさしくするためと、もうひとつは、気の毒な癩患者たちの救済に献身的な努力をしていたからであった。彼は癩病に免疫の体質になっていたから(これもどうやら隠者の秘術のおかげであった)、村を歩きまわって、ひとりひとりの病人に必要なことを、こまごまとたずねてまわり、彼らを一瞬も休ませないほどあらゆる形で力を貸そうとした。彼はらばの背に乗り《きのこ平》とトレロニー博士の小屋とのあいだを目まぐるしく往《ゆ》き来《き》して、薬をもとめ、治療の方法をたずねた。といっても、医者がようやく癩患者たちに近づく勇気をもったのではなく、善いメダルドを仲介者として、わずかに彼らに関心をもちはじめたにすぎなかった。

けれども、ぼくの叔父の意図はそれを超えて遠くへ行ってしまった。彼は癩患者たちの体を治療するばかりでなく、その心までなおそうとしはじめた。それゆえ、彼はつねに癩患者のなかに分け入って道徳を説き、彼らの個人的な事情に鼻先を突っこみ、彼らの背徳行為に腹をたてて、お説教を繰り返すのだった。癩患者たちは《善半》に耐えられなくなった。《きのこ平》の楽しく放縦な時は終わった。片脚の、ひょろ長い、神経質で、礼儀に厳しい、賢者気どりの、この半分の影のおかげで、誰も自分の好きなことができなくなってしまった。何かをすれば、すぐに人前で叱責され、それが悪意を生み、またその仕返しを生み出した。音楽もまた無用である、と繰り返し言われてみると、つい鳴らす気にもなれず、感興もわいてこなくなり、しまいには嫌気がさしてしまった。彼らの奇妙な楽器はほこりにまみれてしまった。癩の女たちは、かつてのように乱痴気騒ぎで気晴らしができなくなると、いきおい自分たちの病気を直視せざるをえなくなり、ひと晩じゅう泣き明かして、ひたすら絶望の淵《ふち》に沈んでいった。

「ふたつの半分のうち、悪いほうより善いほうがはるかに始末が悪い」と、《きのこ平》ではささやかれるようになった。

しかし《善半》に対する賞讃が減っていったのは、癩患者たちのあいだばかりでなかった。「大砲の玉がふたつに引き裂いてくれたので、まだ助かった」と、人びとは言いあった。「もしも三つに分かれていたら、わたしたちはどうなっていたか知れやしない」

ユグノー教徒たちはいまや、彼に対しても、交代で警備をするようになった。なぜなら、彼はいまではユグノー教徒たちに対する尊敬の念をいっさい失い、四六時ちゅう彼らの穀物倉にどれぐらい貯《たくわ》えがあるか、うかがいにやって来たからである。そして値段が高すぎると言っては、彼らをいましめ、人びとに触れまわって、取引きを台無しにしてしまうのだった。

こうしてテッラルバの毎日は過ぎ、ぼくたちの感情はしだいに色褪《いろあ》せて、鈍くなっていった。そして非人間的な悪徳と、同じぐらいに非人間的な美徳とのあいだで、自分たちが引き裂かれてしまったことを、ぼくたちは思い知っていった。

10

月夜には、蛇の巣のごとく、邪悪な心のなかに不正な考えがもつれあい、慈悲深い心のなかに自己放棄と献身の百合《ゆり》の花がほころびないわけはなかった。こうしてテッラルバの崖から崖へ、相反する心の騒ぎに苦しみながら、メダルドのふたつの半身はさまよい歩いた。

やがて、両者はそれぞれに決意を固めると、朝はやくからその実行に取りかかった。パメーラの母親は水汲《みずく》みに行ったとき、罠《わな》にかかって井戸に落ちた。つるべの縄にしがみつきながら、彼女は叫んだ。「助けて！」井戸の底から見あげると、まるい空を背景に《悪半》の影が浮かびあがって、彼女に言った。

「おまえとふたりきりで話をしたかったのだ。わたしの考えはこうだ。おまえの娘のパメーラは近ごろまっぷたつの浮浪人といつもいっしょに歩いている。あいつとおまえの娘とを結婚させてやるのだ。じつは、あいつから仲介を頼んできた。紳士ならばその頼みは受けないわけにはいかない。そこで、こうしておまえに話しに来たのだ。ほかの話をしに来たと思うな」

パメーラの父親はオリーヴの実をいっぱいに詰めた袋を背負って油搾《あぶらしぼ》りの小屋へ出かけたが、袋に小さな穴が開いていて、小道にオリーヴの実が点々と落ちてしまった。荷物が軽くなったような気がして、父親は肩から袋をおろした。そして中身がほとんど空《から》になっていることに気づいた。すると後ろから《善半》のやって来る姿が見えた。ひとつ、ひとつ、オリーヴの実を拾っては、マントに包んで持ってきてくれたのだ。

「あなたにお話があってついて来たのですが、オリーヴの実を拾ってあげられたので、ちょうどよかった。わたしの心のなかを打ち明けましょう。だいぶまえから、わたしは自分がこの村にいるために、救ってあげたいと思っている人たちの不幸が逆に増している場合があるのではないか、と思うようになった。わたしはテッラルバを立ち去る決心をしたのです。わたしの出発がせめてふたりの人にだけでも平和をもたらしてくれればよい。ひとりは高貴な運命に迎えられるべきなのに、動物の穴で寝ている、あなたの娘さんです。そしてもうひとりはいまのままみたいに孤独にしておいてはならない、不幸なわたしの右半分です。パメーラは子爵と結婚しなければいけない」

パメーラがりすに芸を仕込んでいると、松の実を取りにきたふりをして、母親がやって来た。

「パメーラや」と母親が言った、「《善半》という名のあの宿なしと、おまえとが、とうとう結婚する時がきたのだよ」

「どこからそんな考えが出てきたの？」パメーラがたずねた。

「あちらから仲介を頼んできたのだよ、ぜひおまえと結婚したいといってね。あれはやさしい心の持ち主だから、おまえが承知すれば、向こうは否《いや》とは言わないだろう」

「でも、どうしてそんなことを思いついたの？」

「おだまり、この話をどなたが持ってきてくださったとお思いだい。それを知ったら、そんな言いかたはできなくなるはずだよ。わたしにこの話を持ってこられたのは、《悪半》さまだ。ほかならぬ、わたしたちの領主の、子爵さまだ！」

「まあ、大変！」叫び声をあげた拍子に、パメーラはりすを膝から放り出してしまった。「どんな罠が仕掛けられているか知れやしない」

それからまたしばらくして、彼女が両手に若葉をはさんで、草笛の練習をしていると、薪《たきぎ》を取るふりをして、父親が通りかかった。

「パメーラ」と父親が言った、「いよいよ《悪半》の子爵さまに色よい返事をする時がきたよ、ただし教会で式をあげるという約束つきで」

「それはお父さんの考えなの、それとも誰かに言われたの？」

「おまえは子爵夫人になりたくないのかね」

「そのまえに、あたしのたずねたことに、ちゃんとこたえてちょうだい」

「よかろう、それを言ったのはこの世にまたとない善意の持ち主、《善半》と呼ばれる、あの宿なしだよ」

「まあ、とうとうそんなことまで考えてしまったのね、あのひと。いいわ、あたしの計りごとを見ていてごらんなさい！」

《悪半》は痩せ馬にまたがって茨の草むらを踏みわけながら、自分の策略を思い返していた。もしもパメーラが《善半》と結婚すれば、法律上はテッラルバのメダルド夫人になる。つまり、彼の妻になる。法律の力さえ手に入れれば、恋敵《こいがたき》から彼女を奪うことぐらいなんでもないだろう。なにしろあいつは弱虫だし、争いごとを好まないから。

しかしパメーラに出会うと、思いがけず彼女に言われた。「子爵さま、あなたさえよければ、あたしはあなたと結婚することに決めました。結婚しましょう」

「おまえが、誰と?」と思わず子爵は言った。

「あたしとあなたと。そしてあたしはお城に行って、子爵夫人になります」

これだけは予期しなかったから、《悪半》は心のなかで言った。《それなら、わたしの別の半分と結婚させる芝居なんか、いらないじゃないか。わたしが結婚すれば、それで万事かたがつくのだから》

そこで、彼は言った。「いいとも」

するとパメーラが言った。「じゃ、お父さんと話をまとめてくださいね」

それからしばらくして、パメーラはらばの背に乗った《善半》に出会った。

「メダルドさま」彼女は言った、「あたし、本当にあなたを愛していることがわかりました。どうか、あたしを幸せにすると思って、あたしをお嫁にもらってください」

彼女のためを思って結婚をあきらめたところだったから、その哀れな男は開いた口がしばらくふさがらなかった。《わたしと結婚することで彼女が幸せになれるのなら、彼女をよその人間と結婚させるわけにはいかない》そう考えると、彼は言った。「いとしいひとよ、すぐに式の準備をしよう」

「お願いですから、お母さんと話をまとめてください」と、彼女は言った。


パメーラが結婚するという話が伝わると、テッラルバは上を下への大騒動になった。ある者は右半分と結婚するのだと言い、またある者は左半分と結婚するのだと言った。両親の話は、混乱に拍車をかける以外の、何ものでもなかった。たしかに、城のなかは磨きたてられ、盛大な宴会を催すべく、すべてが飾りたてられた。そして子爵は片袖が大きくふくらんで、反対側が筒袖になった、黒いビロードの服を新調させた。しかし宿なしのほうも、みすぼらしいらばの毛に櫛《くし》を入れ、服の肘や膝につぎを当てた。また教会では、燭台《しょくだい》のひとつひとつが念には念を入れて、磨きたてられた。

パメーラは結婚式のときまで森を出ないと言った。ぼくは花嫁衣裳の裾を持つ係りになった。長い長い裾とヴェールのついた純白の花嫁衣裳を縫いあげて、彼女はラヴエンダーの穂で冠《かんむり》と帯留めを作った。ヴェールの余りぎれが数メートルできたので、山羊とあひるの花嫁衣裳も作った。ヴェールを木の枝にかけて引き裂いたり、裾が松の葉だらけになったりしないように、また小道という小道に散らばっている乾いた栗のいがをつけないように注意しながら、彼女は二匹の動物を従えて森のなかを走りまわった。

しかし結婚式のまえの晩は、彼女もさすがに思いに沈みがちで、少しおびえているように見えた。伐《き》りひらかれた林の、小さな丘のいただきに腰をおろして、足もとに花嫁衣裳の裾を巻きつけ、ラヴェンダーの小さな冠を斜めにかぶって、片手にあごを乗せ、彼女はあたりの森をうかがうように眺めていた。

ぼくは小姓《こしょう》の役をつとめるので、いつも彼女といっしょにいた。しかし相手役のエサウは一度も姿を見せなかった。

「どちらと結婚するの、パメーラ?」ぼくは彼女にたずねた。

「わからないの」彼女は言った、「これから何が起こるか、わからないの。うまくいくかしら? それとも悪くいってしまうかしら?」

あちこちの森から、喉《のど》の奥を鳴らすような叫び声と、深い溜息《ためいき》とが、ときどき洩《も》れてきた。それはまっぷたつにされた求婚者たちの叫び声と溜息だった。彼らも前夜の緊張に眠れず、森の小道から小道を、そして崖から崖を、さまよい歩いているのだった。黒いマントに身を包んで痩せた馬に乗った半身も、毛の抜けたらばに乗った半身も、同じように苦しい幻想に取りつかれながら、叫び声をあげては、溜息をついた。ふたりの騎士は出会うことがないように、それぞれに、馬は絶壁や崖を跳び越え、らばは山肌や急斜面をよじ登った。

やがて、夜が明けかけたときには、馬は足を引きずって谷間をおりていた。それゆえいくら急いでも《悪半》は結婚式にまにあうことができなかった。それに引きかえ、歩みは遅いが、らばは確実に進んだので、時間どおりに《善半》は教会に着いた。ちょうどそのとき、後ろに垂らした長い裾をぼくとエサウとに支えられて、花嫁も教会に着いた。

花婿としては松葉杖を突いた《善半》しか姿をあらわさないと知るや、集まった人びとは少し拍子抜けしてしまった。しかし、式は型どおりに進められ、花嫁と花婿とは誓いの言葉を語り終わって、指輪を交《か》わした。そして司祭が言った。「メダルド・ディ・テッラルバとパメーラ・マルコルフィ、あなたたちをここに結婚させます」

その瞬間に、奥の廻廊《かいろう》から、松葉杖に身を支えて子爵が姿をあらわした。新調したビロードの服の、ふくれた袖が露《つゆ》にぬれ、あちこちが引き裂かれていた。彼は言った。

「メダルド・ディ・テッラルバはこのわたしだ、それゆえパメーラはわたしの妻だ」

《善半》は足を引きずりながら、彼の前に進んだ。「いや、パメーラと結婚したメダルドは、このわたしだ」

《悪半》は杖を投げすて、片手を剣にかけた。《善半》も同じ動作をするしかなかった。

「ゆくぞ!」

《悪半》は攻撃の態勢をとり、《善半》は防御のかまえを見せた。しかし、つぎの瞬間には、ふたりとも床の上を転げまわっていた。

一本脚で平衡を保ちながら戦うことは不可能だった。その点では、彼らの意見は一致した。準備を整えるために、決闘は少し延期する必要があった。

「あたしは、どうしたらよいの?」パメーラが言った、「あたしは森に戻るわ」

彼女は小姓も連れずに、長い裾をひるがえしながら、教会から走り去った。橋の上に山羊とあひるが待っていて、彼女に駆け寄り、いっしょになって走り出した。

決闘は、翌日の夜明けに、《修道女の牧場《まきば》》で行なわれることになった。ピエトロキヨード親方はコンパスの脚に似た仕掛けを工夫して、それをまっぷたつの両者の帯に固定させ、立つことも、動くことも、先を地面に突きたてたまま体を前に倒すことも、後ろに引くことも、自由にできるようにした。病気になるまえは由緒《ゆいしょ》ある身分であった癩患者のガラテーオが、戦いの審判をつとめることになった。《悪半》の介添人にはパメーラの父親と警察署長とがなり、《善半》の介添人にはふたりのユグノー教徒がなった。トレロニー博士は医師として立会うことになった。彼は大きな包帯のつつみと香油の瓶《びん》とを持って出かけた。戦争でもはじまりそうないでたちだった。しかし、ぼくには好都合だった。その大きな荷物を運ぶ手伝いをしながら、決闘の場面にぼくも立会うことができたからだ。

それは、淡い緑色の夜明けだった。草原の上にふたつの細身の決闘者の影が浮かびあがり、剣を帯びて、不動の姿勢をとった。癩患者が角笛《つのぶえ》を吹き鳴らした。それが合図だった。空は張りつめた薄い膜のようにふるえ、もぐらは穴のなかでしっかりと土に爪を食いこませた。かささぎは翼の下に首を突っこんだまま、苦しげに脇の下の羽を一本、くちばしでむしり取った。みみずの口はおのれの尻尾に食いつき、まむしはおのれの牙《きば》でおのれを嚙み、すずめ蜂《ばち》は石の上でおのれの針を折った。そしてありとあらゆるものがおのれに立ち向かい、井戸の水は凍って、苔《こけ》は石に変わり、石は苔に変わって、枯れ葉は土と化した。厚く固いゴム状の樹液が幹を閉じこめて木立ちを殺した。同様に人も、両手にそれぞれの剣を握り、おのれに立ち向かった。

またしてもピエトロキョードはたくみな手腕を発揮した。ふたつのコンパスはそれぞれに草原の上に円を描いた。そして左右の剣客はばねように跳びはねながら丁丁発止《ちょうちょうはっし》と渡りあった。が、剣尖《けんせん》は相手の体に触れなかった。突きを入れるたびに、刃《やいば》は過《あやま》たずに相手のひらめくマントに刺しこまれるが、どういうわけか、それぞれに相手の何もない側を、すなわちおのれ自身があるはずの側を、激しく突きたてるのだった。もしも半身の決闘者でなく、完全な体の持ち主だったら、たがいにどれだけ手傷を負っていたか知れなかった。《悪半》は怒り狂って切りこむが、彼の剣尖が敵の体に届いたためしはなかった。《善半》は左手左足ながらも正確な剣の作法を身につけていた。しかし、彼の剣尖も子爵のマントを無数に切り刻むだけだった。

やがて、彼らは激しくつばぜりあいをはじめた。コンパスの先は鋭い鍬《くわ》のように地面に刺しこまれていた。《悪半》がいきなり体を引き抜いた、そして一瞬後に、平衡を失って地面に転がりかけた。そのとき彼は渾身《こんしん》の力を振りしぼって、ほとんど真向唐《まっこうから》竹割《たけわ》りに、相手を切りおろした。刃は《善半》とおのれがまっぷたつにされた線にそって、すれすれに切りおろされた。相手の体が、マントの下で、頭のてっぺんから脚のつけねまで、たちまちに血に染まってゆくのが見えた。まちがいなく手ごたえはあった。《善半》は崩れ落ちた。が、倒れながら、ほとんど慈悲の刃をふるうように、最後の大きなひとふりで、彼もまた相手の頭から下腹部までを、すなわち《悪半》の存在する部分と存在しない部分とのあいだを、至近距離からすれすれに切りおろした。《悪半》の体も古い傷口をぱっかりと開けて、血に染まりながら倒れ伏した。たがいに相手のひと太刀《たち》で、両者の血管という血管は断ち切られ、両者を分けていた傷口はひらかれた。そしていまや、あおむけに横たわって、かつてひとつのものであった、たがいの血が飛び散り、草原の上で混じりあった。

この恐るべき光景に気を取られて、ぼくはトレロニー博士のことを忘れていた。気がついてみると、医者はこおろぎのような両脚で、喜びに小おどりしながら、両手を叩いて叫んでいた。「助かった！　助かったぞ！　あとはわしにまかせておけ」

半時間後に、ぼくたちはひとりの傷ついた者を担架に乗せて、城へ運びこんでいた。《悪半》と《善半》とは包帯でしっかりと巻きつけられた。が、そのまえに、博士は左右の内臓と血管とをひとつ残らずつなぎ合わせた。ふたつの体は一キロメートルにも達する長い包帯ですきまなく巻かれると、ひとりの負傷者というよりは、むしろ香油にひたした古代の死者のように見えた。

ぼくの叔父はそれから何日か、昼も夜も、人びとに見まもられながら生死のあいだをさまよいつづけた。そしてある朝、彼の額からあごにかけて、ひと筋の赤い線が走った。それがさらに首筋におりていった。それを見て思わず叫び声を出したのは、乳母のセバスティアーナだった。「あっ、動いた」

じじつ、かすかに痙攣《けいれん》が叔父の顔に走った。それが片方の頬からもう片方の頬へひろがってゆくのを見ると、医者は喜びのあまりに泣き出してしまった。

メダルドはついに目と唇とをうっすらと開けた。はじめのうちは、彼の表情はまだ混乱していた。たとえば、片方の目はしかめているのに、もう片方の目は哀願していた。額のこちら側はしわが寄っているのに、あちら側は晴れ晴れとしていた。口の片すみがほほえみ、他方が歯を剝き出《むだ》していた。それから、少しずつ、左右が対称に戻っていった。

トレロニー博士が言った。「これでなおった」

パメーラが思わず叫び声をあげた。「とうとうあたしも完全なお婿さんと結婚できるのね」

こうしてぼくの叔父のメダルドは善くも悪くもない、悪意と善意の入り混じった、まっぷたつにされる以前の体と見かけは変わらない、完全なひとりの人間に戻った。しかも彼にはひとつになる以前の半分ずつの経験があったから、いまでは充分に思慮深くなっていた。彼は子宝に恵まれ、正しい政治を行ない、幸せな一生を送った。ぼくたちの生活もよくなった。子爵さえ完全に返れば、すばらしく幸福な時代がひらかれるものと、ぼくたちは決めてかかっていたのかもしれない。しかし、当然のことながら、世界じゅうが完璧になるためには、ひとりの完璧な子爵で足りるはずはなかった。

けれども、ピエトロキョードはもう以前のように絞首台を作らないで、水車小屋を作った。そしてトレロニーは丹毒やはしかの手当てに没頭して、鬼火の研究をなおざりにした。それに引きかえ、ぼくは完全への熱狂のさなかにあって、ますます悲しく、また欠けたものとして、おのれを感じていった。人間が仮にもおのれを不完全と思いこむのは、若いころにかぎるのだ。

ぼくはそのとき、青春の戸口に立っていたのだが、まだ森の大きな木の根もとに隠れて、ひとりで自分に物語を聞かせていた。針のような一本の松葉があれば、ぼくはそれをひとりの騎士とも、貴婦人とも思うことができたし、またそれをひとりの道化師に仕立てることもできた。それを目の前にかざしながら、物語をつぎつぎに作り出して、他愛《たわい》もなく喜んでいた。が、やがて、この空想癖《くうそうへき》に対する恥ずかしさに取りつかれると、ぼくは逃げ出すのだった。

そしてトレロニー博士まで、ぼくを置き去りにする日がきた。ある朝、ぼくたちの海の入江に、満艦飾《まんかんしょく》の船団が入ってきた。イギリスの国旗をなびかせながら、それらの船はてんでに錨《いかり》を投じた。テッラルバの人たちはひとり残らず海岸に出た、それを知らなかったぼくひとりをのぞいて。船の胸壁《きょうへき》やマストの上には、水夫たちが鈴なりに姿を見せ、パイナップルや亀の甲羅《こうら》をかざして見せたり、ラテン語や英語の巻物をほどいて見せたりした。船尾《せんび》高甲板《こうかんぱん》には、士官たちに囲まれて、かつらをつけ三角帽をかぶったキャプテン・クックが細長い遠眼鏡《とおめがね》で岸を見つめていたが、人びとのあいだにトレロニー博士の姿を認めるや、すぐに手旗信号を送るように命じた。《タダチニ　キカンセヨ　ハカセ　ワレワレハ　トランプヲ　ツヅケネバナラヌ》

博士はテッラルバのひとりひとりに挨拶をして、別れを告げた。水夫たちは波を揺るがせて讃歌をうたった。《おお、オーストラーリア！》博士は《カンカローネ》の酒《さか》樽《だる》に馬乗りにまたがった。やがて、船はつぎつぎに錨を抜いた。

ぼくは何も見なかった。ぼくは森に隠れて、物語のひとりごとを繰り返していた。そしてそれを知ったときは、すでに遅かった。海辺に向かって走りながら、ぼくは叫んだ。「博士！　トレロニー博士！　連れていって！　ここに、ぼくを置いていかないで、博士！」

しかし船の影は水平線に沈みかけていた。そして責任と鬼火とに満ちたこの世界に、ここに、ぼくは残されてしまった。

解　説

一、イータロ・カルヴィーノについて

イータロ・カルヴィーノは一九二三年十月十五日、キューバの首都ハバナに近い村で生まれました。父は北イタリアの地中海ぞいの町サン・レーモの旧家の出身で、農学者でしたが、長年メキシコの農事試験場で所長を勤め、キューバにも滞在していました。母はイタリアのサルデーニャ島の出身で、植物学者でした。

カルヴィーノが二歳にならぬうちに、一家はサン・レーモに戻って、少年は二十歳まで両親の植物試験場を住《す》み家《か》に育ちました。農園を埋めつくす熱帯植物のなかでの日常と、地中海から後背地のアルプスにつらなるリグーリア地方の森林での、飽くことを知らぬ父の狩猟とが、おそらく少年の心に決定的な影響をおよぼしたのでしょう。

植物に取り囲まれながらカルヴィーノは幼いときから、空想をたくましくして、物語の世界へと入りこんでしまったのです。

この本のなかでも、最後のあたりで、そういう彼の空想癖を裏書きするような一節が出てきます。「ぼくはそのとき、青春の戸口に立っていたのだが、まだ森の大きな木の根もとに隠れて、ひとりで自分に物語を聞かせていた。針のような一本の松葉があれば、ぼくはそれをひとりの騎士とも、貴婦人とも思うことができたし、またそれをひとりの道化師に仕立てることもできた。それを目の前にかざしながら、物語をつぎつぎに作り出して、他愛《たわい》もなく喜んでいた」。そして彼は高等学校を出るころ、一家の習慣に従って――四人の叔父と叔母は化学者で、弟ものちに地質学者になった――科学者になろうとしたが、すでに手遅れで、文学のことばかり考えるようになっていました。

そのころ、ドイツ軍のイタリア占領がはじまったのです。第二次世界大戦の末期に、一九四三年から四五年にかけて、イタリアでは、祖国解放をめざすパルチザンと、ドイツ軍を後楯《うしろだて》とするファシスト勢力とが、国内戦を展開しました。とくに北イタリアの森林や高地はパルチザンの拠点となり、サン・レーモから奥地のクーネオ、トリーノ、ミラーノ、そして海岸のジェーノヴァにかけては激しい戦闘がつづけられ、おびただしい血が流されました。こうして「かろうじてパルチザンに参加するのに間にあった」最も若い世代に、カルヴィーノは属しています。彼は幼い時から知り抜いている森のなかで、ドイツ兵を相手に戦ったのでした。

そのときの経験をもとにして、戦争が終わった解放直後の、四五年秋に、彼は最初の短篇小説をいくつか書きました。それらはのちに『最後に烏《からす》がやってくる』（短篇集、四九年出版）にまとめられることになるのですが、そのうちの一篇がチェーザレ・パヴェーゼの目に留まって『アレトゥーザ』誌に掲載され、同じころ他の一篇がエーリオ・ヴィットリーニの目に留まって『ポリテークニコ』紙に掲載されたのです。こうして、はからずも、戦後イタリア文学の立役者となったパヴェーゼとヴィットリーニとにより、カルヴィーノは作家としての第一歩を踏み出したのでした。他方、戦後の混乱のなかで、彼はいきなりトリーノ大学文学部の三年に編入し、四六年には四年次の試験をみなパスして、四七年にジョーゼフ・コンラッド論を書いて卒業しました。あまりにも性急に大学生活を終わらせてしまったことを、彼自身いくぶん残念には思っていたものの、当時カルヴィーノは政治活動に忙しく、『ウニタ』（共産党機関紙）に寄稿したり、エイナウディ社で編集に携わったりしていました。

そういう多忙な四六年十二月に、二十日間をかけて書きあげたのが、最初の長篇小説『くもの巣の小道』(四七年出版)です。これは「パルチザンの生活を森の寓話のように描いた傑作」としてパヴェーゼの激賞を受けました。カルヴィーノ自身は「ヘミングウェイの『誰《た》がために鐘《かね》は鳴る』とスティーヴンソンの『宝島』とをいっしょにしたような作品を書きたかった」と述べていますが、この長篇第一作にも空想に富む寓話的な要素はすでに明らかです。

いわゆる、ネオレアリズモ文学の傑作という呼び名の高い、この『くもの巣の小道』を、先に触れたように、彼は短期間に一気に書きあげたのですが、第二作を書きつぐことはできませんでした。一九五〇年を境にした数年間は、たしかに洪水のごとく抵抗運動や解放戦争の体験小説(悪《あ》しきネオレアリズモ文学)が発表されていましたが、心ある作家には最もつらく苦しい時期でした。ヴィットリーニは『ポリテークニコ』紙を廃刊(四七年十二月)して、沈黙を守り、パヴェーゼはストレーガ賞受賞の名声のさなかにあって自殺(五〇年八月)したのです。

「もしかしたら、自分は真の作家でないのではないか、他の多くの者たちと同じように自分も一作を書いて、時代の転回期の波に打ちあげられた、ひとりなのではないか。それいらい創作の泉は涸れていった」「そして自分に対し、またいっさいのものに対して、すっかり嫌気がさしたなかで、ほんの手すさびに、自分は『まっぷたつの子爵』を書きはじめた。一九五一年だった」「時代は、まさに、冷たい戦争のさなかにあった。張りつめた緊張感、耳に聞こえぬ呵責《かしゃく》の声。それらは目に見える形こそ取らなかったが、人びとの魂を締めつけていた。そういうときに、まったくの空想の物語を書きながら、知らず知らずに、自分はその特異な歴史的瞬間の苦しみを、またそこからの脱出の衝動を、描き出していた」。

気がついてみれば「しばらくまえから、自分は縦にまっぷたつにされた人間のことを考えていた」と、カルヴィーノは言っています。これが、この小説の主題です。作家の側に立って考えるなら、この苦しく探しもとめたライトモチーフ(作品の基調)が定まれば、あとはそれを最も効果的に表現する主人公とその他の登場人物とを決めて配置すればよい。こうして選ばれた時代が十七世紀から十八世紀にかけてとなり、具体的には一七一六年のトルコ対オーストリア戦争が小説の冒頭の場景に当てられました。一六八五年のユグノー弾圧と彼らの国外亡命とはエゼキエルの《寒さが丘》に象徴され、ユグノーたちは戒律主義者となってこの小説に登場します。逆に、癩患者たちは快楽に日々を送って、《きのこ平》は退廃的な芸術家たちの巣窟を象徴することになります。小鳥と平和を愛した祖父のアイオルフォは死に、ピエトロキョード親方は自分の意に反して精巧な絞首台を作りあげ、トレロニー博士はおびえてメダルド子爵の姿に出会うまいとするのです。

ここで、『まっぷたつの子爵』(一九五二年出版)の細かい構成について触れる必要は、まずないでしょう。なぜなら、カルヴィーノは読者が《楽しみ》の権利をもつことを、つねに心がけている作家だからです。じじつ、いっさいの理屈を抜きにして、戦後にイタリアで発表された作品のなかで、これは最も面白い小説のひとつです。

それゆえ訳者が(そしておそらくは作者が)むしろ読者の注意を喚起したいのは、この本の面白さの背景を塗りこめた、暗い影のことです。別な言いかたをするならば、それはこの物語の背後に横たわる暗い影の世界であり、私たち自身の背後を埋めつくす暗い影の部分です。ここで、《善半》と《悪半》の決闘の場面を思い出すことは、決して無駄でないでしょう。「左右の剣客は……丁丁発止《ちょうちょうはっし》と渡りあった。が、剣尖《けんせん》は相手の体に触れなかった。突きを入れるたびに、刃《やいば》は過《あやま》たずに相手のひらめくマントに刺しこまれるが、どういうわけか、それぞれに相手の何もない側を、すなわちおのれ自身があるはずの側を、激しく突きたてるのだった」(傍点は訳者)。

『まっぷたつの子爵』にこめられた作者カルヴィーノの意図は、煎じつめるならば、この一点につきる。そう言っても、おそらく言い過ぎではないでしょう。

まっぷたつに引き裂かれたメダルド子爵。それはこの物語が書かれた一九五一年(昭和二十六年)前後の世界と、その時代に苦しむ人間の姿にほかなりませんでした。そして苦しむ人間と世界の像とが十七、八世紀のトルコ人とキリスト教徒の世界にも当てはめられ、それが過去の人間の歴史を連綿と埋めつくしてきたとすれば、現在の私たちもまたその引き裂かれた魂を自分の内側にもっていないわけはありません。《悪半》のメダルドが海や陸の生き物をまっぷたつに切って、不気味にあばき出そうとした《鈍い完全なもの》、それこそは私たち自身の姿にほかならなかったのです。そして私たちもまた《ぼく》と同じように、いまなお、責任と鬼火とに満ちたこの世界に残されているのです。

二、空想と現実に引き裂かれた少年の物語

世界文学のなかでもカルヴィーノは最大級に面白い作家です。『まっぷたつの子爵』を読めばすぐにその真価はわかるでしょう。

イタリア文学の地平からその点を少し補っておきます。この作品の主人公テッラルバのメダルド子爵は《ぼく》の叔父さんです。

むかしトルコ人との戦争がありました。キリスト教徒陣営の騎士としてボヘミアの平原に馬を進めた《ぼく》の叔父さんメダルド子爵は、トルコ軍の大砲の前に、刀を抜いて立ちはだかり、まっぷたつに吹き飛ばされてしまいました。

その後に起こった不思議な事件を《ぼく》が物語るのは、《ぼく》がメダルド子爵の甥にあたるからです。《ぼく》の母はメダルドの姉でした。ただし、母はテッラルバの子爵家の娘に生まれながら、密猟者と駆け落ちをし、森のなかの貧しい小屋で生まれたのが《ぼく》なのです。そして密猟者であった《ぼく》の父は争いごとで命を落とし、母はみじめな小屋で癩病に冒されながら、哀れな一生を閉じたのです。

こういうテッラルバの孤児《ぼく》に作者カルヴィーノの少年時代が投影されています。テッラルバは現実の地名ではありません。カルヴィーノが空想のうちに作った場所です。テッラ(土地)とアルバ(夜明け)とを合成した地名なので、テッラルバは《夜明けの土地》と呼びかえてよいかもしれません。

テッラルバはカルヴィーノが育った土地サン・レーモによく似ています。地図の上で地中海へ長靴の形に突き出たイタリア半島のことは、日本でもずいぶん知られてきました。

たとえば、古代にラテン語を使っていたラツィオ地方の都ローマのこと。中世にダンテがイタリア語で詩を書きはじめたトスカーナ地方の都フィレンツェのこと。東側のアドリア海の奥に位置した海上共和国ヴェネツィアのこと。そしてこれと争い同じように栄えた、西側のリグーリア海の奥に位置するジェーノヴァ共和国のこと。

この港町ジェーノヴァから西へ、フランスとの国境まで弓なりに延びる美しい沿岸を、リヴィエーラ海岸と呼びますが、その海を見おろす港町のひとつにサン・レーモがあります。

背後に深い森とフランス・アルプスにつづく高い山岳とを控えた町サン・レーモは、

人口が六万前後。あえて言うならば、音楽と享楽と花畑の町です。

毎年、冬の終わりに開かれてきたサン・レーモ音楽祭やそこで歌われたカンツォーネの名曲のことは、日本にも伝えられているでしょう。名高い公営賭博場カジーノをはじめ、遊興の娯楽施設のことも、知られているかもしれません。温暖な気候に恵まれて、海を見おろす段々畑には、カーネーションをはじめ、花々の栽培が盛んです。

カルヴィーノの父親は農学者で、熱帯植物の研究家でした。母親も植物学者です。そしてカルヴィーノは二十歳まで、両親の営む植物園で育ちました。彼の物語のなかにたくさんの植物の名前が出てくるのは、それゆえ当然なのです。

登場人物の名前にもしばしば草や木に似た、わかりやすい名前が、出てきます。しかし少年カルヴィーノにとって、いちばん奇妙で、わかりにくかったのは、たぶん、自分の名前でした。イタリア語では「イータロ」と発音します。つまり、イタリア人という意味です。

じつは、カルヴィーノの父と母がキューバの熱帯植物園に勤めていたとき、彼は生まれたのです。両親は異国にあって、忘れてはならない祖国の名前を、息子につけたのでした。

けれども一家はカルヴィーノが生まれてほどなく、サン・レーモに戻ってきたので、カルヴィーノは海の彼方の自分が生まれた土地のことは、何も覚えていません。逆に、イータロ少年にとって、物心ついて以来、海は自分が越えてきた謎と空想のみなもとになったのです。

一九七六年の秋、カルヴィーノが文化使節として独りで来日したさい、宿泊していた東京のホテルから、いっしょに夜の散歩へ出たことがあります。坂道をくだりかけると、すぐに立ち止まって、流れる風を嗅ぎながら、彼は言いました。「潮の香りがする。海が近い。自分にはすぐわかるんだ」。

鋭敏な感覚の持ち主であったカルヴィーノは、したがって、幼いときから疑問の対象にしたでしょう、自分の姓のことも。カルヴォ（禿《は》げ頭《あたま》）に発するこの姓は、イタリア半島のほぼ全域に見出され、珍しいものではありません。

しかし、カルヴィーノという姓がフランスの宗教改革者カルヴィンもしくはカルヴァンに通じていることは歴然としています。

カルヴィーノが急逝した一九八五年よりもあとに出版された文献で、私は知ったのですが、カルヴィーノは初等教育をサン・レーモにあるワルド派の小学校で受け、そこを卒業しました。これは尋常ではありません。とりわけ、イタリアのような、カトリック教育が圧倒的に主流の国にあっては。

ワルド派は《リヨンの貧者》とも呼ばれ、十二世紀に南フランスで発生し、一時は異端とされた宗派の一つです。そしてファシズム期にイタリア・ユダヤ人が迫害されたとき、避難の依り所にもなりました。

『まっぷたつの子爵』のなかにユグノー教徒(カルヴィン以降フランスの新教徒一般を意味する)が出てきたり、師父エゼキエルをはじめ旧約聖書の登場人物たちの名前が現れるのも、カルヴィーノが最初に受けた幼い日々の教育と無縁ではないでしょう。エサウは《ぼく》と同年の分身のように描かれています。

さて、中等学校と高等学校では正統の教育機関で学んだカルヴィーノは、家族や親戚がみなそうであったように、初めは大学で理科系へ進んだのです。しかしそのころムッソリーニのファシズム政権が宮廷クーデターによっていったん崩れ、ついで一九四三年九月以降、イタリア半島の、とりわけ北半分は、ナチ・ファシズムと反ファシズムの対決による国内戦の状態に入りました。

内戦とはひとつの人格が左右の半分半分に別れて戦いあうのと同じです。カルヴィーノは四歳年下の弟フロリアーノ（花の男）といっしょに、サン・レーモ後背地の森林に入り、パルチザンとしてナチ・ファシズムの軍隊と戦ったのです。

そういう抵抗運動の闘士としてのカルヴィーノと彼の文学活動に関しては、またその後の世界を覆った冷戦構造下の知識人としてのカルヴィーノと彼の文学上の模索に関しては、前述の「イータロ・カルヴィーノについて」のほかにも『宿命の交わる城』（河出文庫、二〇〇四年）の解説などに記しましたので、参考にしていただければ幸いです。また、カルヴィーノ編『イタリア民話集』上巻（岩波文庫、一九八四年）には「まっぷたつの男の子」が収められています。

ところで『まっぷたつの子爵』の訳文には私なりの工夫が加えられているので、一言しておきましょう。かつて、この作品の題名は『半欠け子爵』とか『二分の一子爵』と訳されて日本に紹介されていました。それを『まっぷたつの子爵』に直したのです。同じようにして、訳文中に《善半》や《悪半》、《きのこ平》や《寒さが丘》、あるいは《あかんべえのひと跳び》などという、日本語の表現を、生み出しました。

もしも原作者カルヴィーノが日本語を知っていれば、どのように表現したであろう……そう考えることも「責任と鬼火とに満ちたこの世界に残された」私たちの役目ですから。

*

このたび『まっぷたつの子爵』を岩波文庫へ収録していただくにあたり、岩波文庫編集長の入谷芳孝さんに、大変お世話になりました。

岩波文庫を介することで、『まっぷたつの子爵』の面白い世界が、さらに多くの読者のあいだに広がっていくことを願っています。

二〇一六年十二月、浅間南麓頂庵

河島英昭

〔編集付記〕

本書は河島英昭訳『まっぷたつの子爵』（晶文社、一九七一年、一九九七年）を文庫化したものである。一九九七年に刊行された『ベスト版　まっぷたつの子爵』を底本として使用したが、今回の文庫化にあたっては、段落を原書の体裁どおりに戻し、振り仮名を大幅に削減し、若干の平仮名を漢字に改めた。また、解説に新たな後半部分（二、空想と現実に引き裂かれた少年の物語）を付加した。

（岩波文庫編集部）

まっぷたつの子爵《ししゃく》　カルヴィーノ作

2017年5月16日　第1刷発行
2023年4月14日　第3刷発行

訳　者　河島英昭《かわしまひであき》

発行者　坂本政謙

発行所　株式会社 岩波書店
〒101-8002 東京都千代田区一ツ橋 2-5-5
案内 03-5210-4000　営業部 03-5210-4111
文庫編集部 03-5210-4051
https://www.iwanami.co.jp/

印刷・理想社　カバー・精興社　製本・中永製本

ISBN 978-4-00-327096-7　Printed in Japan

読書子に寄す

——岩波文庫発刊に際して——

岩波茂雄

真理は万人によって求められることを自ら欲し、芸術は万人によって愛されることを自ら望む。かつては民を愚昧ならしめるために学芸が最も狭き堂宇に閉鎖されたことがあった。今や知識と美とを特権階級の独占より奪い返すことはつねに進取的なる民衆の切実なる要求である。岩波文庫はこの要求に応じそれに励まされて生まれた。それは生命ある不朽の書を少数者の書斎と研究室とより解放して街頭にくまなく立たしめ民衆に伍せしめるであろう。近時大量生産予約出版の流行を見る。その広告宣伝の狂態はしばらくおくも、後代にのこすと誇称する全集がその編集に万全の用意をなしたるか。千古の典籍の翻訳企図に敬虔の態度を欠かざりしか。さらに分売を許さず読者を繫縛して数十冊を強うるがごとき、はたしてその揚言する学芸解放のゆえんなりや。吾人は天下の名士の声に和してこれを推挙するに躊躇するものである。このときにあたって、岩波書店は自己の責務のいよいよ重大なるを思い、従来の方針の徹底を期するため、すでに十数年以前より志して来た計画を慎重審議この際断然実行することにした。吾人は範をかのレクラム文庫にとり、古今東西にわたって文芸・哲学・社会科学・自然科学等種類のいかんを問わず、いやしくも万人の必読すべき真に古典的価値ある書をきわめて簡易なる形式において逐次刊行し、あらゆる人間に須要なる生活向上の資料、生活批判の原理を提供せんと欲する。この文庫は予約出版の方法を排したるがゆえに、読者は自己の欲する時に自己の欲する書物を各個に自由に選択することができる。携帯に便にして価格の低きを最主とするがゆえに、外観を顧みざるも内容に至っては厳選最も力を尽くし、従来の岩波出版物の特色をますます発揮せしめようとする。この計画たるや世間の一時の投機的なるものと異なり、永遠の事業として吾人は微力を傾倒し、あらゆる犠牲を忍んで今後永久に継続発展せしめ、もって文庫の使命を遺憾なく果たさしめることを期する。芸術を愛し知識を求むる士の自ら進んでこの挙に参加し、希望と忠言とを寄せられることは吾人の熱望するところである。その性質上経済的には最も困難多きこの事業にあえて当たらんとする吾人の志を諒として、その達成のため世の読書子とのうるわしき共同を期待する。

昭和二年七月

《東洋文学》〔赤〕

- 楚辞　小南一郎訳注
- 杜甫詩選　黒川洋一編
- 李白詩選　松浦友久編訳
- 唐詩選　全三冊　前野直彬注解
- 完訳 三国志　全八冊　小川環樹・金田純一郎訳
- 西遊記　全十冊　中野美代子訳
- 菜根譚　洪自誠　今井宇三郎訳注
- 浮生六記 ―浮生夢のごとし　沈復　松枝茂夫訳
- 阿Q正伝・狂人日記 他十二篇（吶喊）　魯迅　竹内好訳
- 魯迅評論集　竹内好編訳
- 家　全二冊　巴金　飯塚朗訳
- 新編 中国名詩選　全三冊　川合康三編訳
- 遊仙窟　張文成　今村与志雄訳
- 唐宋伝奇集　全二冊　今村与志雄訳
- 聊斎志異　全二冊　蒲松齢　立間祥介編訳
- 白楽天詩選　全二冊　川合康三訳注
- 文選　全六冊　川合康三・富永一登・釜谷武志・和田英信・浅見洋二・緑川英樹訳注
- 曹操・曹丕・曹植詩文選　川合康三編訳
- ケサル王物語 ―チベットの英雄叙事詩　アレクサンドラ・ダヴィッド＝ネール、アプル・ユンテン　富樫瓔子訳
- バガヴァッド・ギーター　上村勝彦訳
- 朝鮮民謡選　金素雲訳編
- 尹東柱詩集 空と風と星と詩　金時鐘編訳
- アイヌ神謡集　知里幸惠編訳
- アイヌ民譚集 付 えぞおばけ列伝　知里真志保編訳

《ギリシア・ラテン文学》〔赤〕

- ホメロス イリアス　全二冊　松平千秋訳
- ホメロス オデュッセイア　全二冊　松平千秋訳
- イソップ寓話集　中務哲郎訳
- アイスキュロス アガメムノーン　久保正彰訳
- アイスキュロス 縛られたプロメーテウス　呉茂一訳
- アンティゴネー　ソポクレース　中務哲郎訳
- ソポクレス オイディプス王　藤沢令夫訳
- ソポクレス コロノスのオイディプス　高津春繁訳
- バッカイ ―バッコスに憑かれた女たち　エウリーピデース　逸身喜一郎訳
- ヘシオドス 神統記　廣川洋一訳
- ヘーシオドス 仕事と日　松平千秋訳
- 女の議会　アリストパネース　村川堅太郎訳
- アポロドーロス ギリシア神話　高津春繁訳
- ギリシア・ローマ抒情詩選 ―花冠　呉茂一訳
- 黄金の驢馬　アープレーイユス　呉茂一・国原吉之助訳
- オウィディウス 変身物語　全二冊　中村善也訳
- ギリシア・ローマ神話 付 インド・北欧神話　ブルフィンチ　野上弥生子訳
- ギリシア・ローマ名言集　柳沼重剛編
- ローマ諷刺詩集　ペルシウス・ユウェナーリス　国原吉之助訳

《南北ヨーロッパ他文学》（赤）

- ダンテ 新生 ― 山川丙三郎訳
- 珈琲店・恋人たち ― ゴルドーニ 平川祐弘訳
- 夢のなかの夢 ― タブッキ 和田忠彦訳
- カヴァレリーア・ルスティカーナ 他十一篇 ― G・ヴェルガ 河島英昭訳
- カルヴィーノ イタリア民話集 全二冊 ― 河島英昭編訳
- むずかしい愛 ― カルヴィーノ 和田忠彦訳
- パロマー ― カルヴィーノ 和田忠彦訳
- カルヴィーノ アメリカ講義 ―新たな千年紀のための六つのメモ ― 米川良夫・和田忠彦訳
- まっぷたつの子爵 ― カルヴィーノ 河島英昭訳
- 魔法の庭・空を見上げる部族 他十四篇 ― カルヴィーノ 和田忠彦訳
- ペトラルカ ルネサンス書簡集 ― 近藤恒一編訳
- ペトラルカ 無知について ― 近藤恒一訳
- 美しい夏 ― パヴェーゼ 河島英昭訳
- 流刑 ― パヴェーゼ 河島英昭訳
- 祭の夜 ― パヴェーゼ 河島英昭訳
- 月と篝火 ― パヴェーゼ 河島英昭訳
- 休戦 ― プリーモ・レーヴィ 竹山博英訳
- ウンベルト・エーコ 小説の森散策 ― 和田忠彦訳
- バウドリーノ 全二冊 ― ウンベルト・エーコ 堤康徳訳
- タタール人の砂漠 ― ブッツァーティ 脇功訳
- 七人の使者・神を見た犬 他十三篇 ― ブッツァーティ 脇功訳
- ラサリーリョ・デ・トルメスの生涯 ― 会田由訳
- ドン・キホーテ 前篇 全三冊 ― セルバンテス 牛島信明訳
- ドン・キホーテ 後篇 全三冊 ― セルバンテス 牛島信明訳
- 娘たちの空返事 他一篇 ― モラティン 佐竹謙一訳
- プラテーロとわたし ― J・R・ヒメーネス 長南実訳
- オルメードの騎士 ― ロペ・デ・ベガ 長南実訳
- セビーリャの色事師と石の招客 他一篇 ― ティルソ・デ・モリーナ 佐竹謙一訳
- ティラン・ロ・ブラン 全四冊 ― J・マルトゥレイ M・J・ダ・ガルバ 田澤耕訳
- ダイヤモンド広場 ― マルセー・ルドゥレダ 田澤耕訳
- 完訳アンデルセン童話集 全七冊 ― 大畑末吉訳
- 即興詩人 全二冊 ― アンデルセン 大畑末吉訳
- アンデルセン自伝 ― 大畑末吉訳
- ここに薔薇ありせば 他五篇 ― ヤコブセン 矢崎源九郎訳
- フィンランド叙事詩 カレワラ 全二冊 ― リョンロット編 小泉保訳
- 王の没落 ― イェンセン 長島要一訳
- イプセン 人形の家 ― 原千代海訳
- イプセン 野鴨 ― 原千代海訳
- 令嬢ユリェ ― ストリントベルク 茅野蕭々訳
- ポルトガリヤの皇帝さん ― ラーゲルレーヴ イシガオサム訳
- アミエルの日記 全四冊 ― 河野与一訳
- クオ・ワディス 全三冊 ― シェンキェーヴィチ 木村彰一訳
- 山椒魚戦争 ― カレル・チャペック 栗栖継訳
- ロボット（R・U・R） ― チャペック 千野栄一訳
- 白い病 ― カレル・チャペック 阿部賢一訳
- 灰とダイヤモンド 全二冊 ― アンジェイェフスキ 川上洸訳
- 牛乳屋テヴィエ ― ショレム・アレイヘム 西成彦訳
- 完訳千一夜物語 全十三冊 ― 豊島与志雄・渡辺一夫・佐藤正彰・岡部正孝訳
- ルバイヤート ― オマル・ハイヤーム 小川亮作訳
- ゴレスターン ― サアディー 沢英三訳

岩波文庫の最新刊

トマス・リード著／戸田剛文訳
人間の知的能力に関する試論（下）

概念、抽象、判断、推論、嗜好。人間の様々な能力を「常識」によって基礎づけようとするリードの試みは、議論の核心へと至る。（全二冊）
〔青N六〇六-二〕 定価一八四八円

藤岡洋保編
堀口捨己建築論集

茶室をはじめ伝統建築を自らの思想に昇華し、練達の筆により建築論を展開した堀口捨己。孤高の建築家の代表的論文を集録する。
〔青五八七-一〕 定価一〇〇一円

今枝由郎・海老原志穂編訳
ダライ・ラマ六世恋愛詩集

ダライ・ラマ六世(一六八三―一七〇六)は、二三歳で夭折したチベットを代表する国民詩人。民衆に今なお愛誦されている、リズム感溢れる恋愛詩一〇〇篇を精選。
〔赤六九-一〕 定価五五〇円

バジョット著／遠山隆淑訳
イギリス国制論（上）

イギリスの議会政治の動きを分析し、議院内閣制のしくみを描き出した古典的名著。国制を「尊厳的部分」と「実効的部分」にわけて考察を進めていく。（全二冊）
〔白一二二-一〕 定価一〇七八円

……今月の重版再開……

小林秀雄著
小林秀雄初期文芸論集

定価一二七六円
〔緑九五-一〕

ロバート・A・ダール著／高畠通敏、前田脩訳
ポリアーキー

定価一二七六円
〔白二九-一〕

岩波文庫の最新刊

幸徳秋水著／梅森直之校注

兆民先生 他八篇

幸徳秋水(一八七一―一九一一)は、中江兆民(一八四七―一九〇一)に師事して、その死を看取った。秋水による兆民の回想録は明治文学の名作である。「兆民先生行状記」など八篇を併載。〔青一二五―四〕 定価七七〇円

グレゴリー・ベイトソン著／佐藤良明訳

精神の生態学へ(上)

ベイトソンの生涯の知的探究をたどる。上巻はメタローグ・人類学篇。頭をほぐす父娘の対話から、類比を信頼する思考法、分裂生成とプラトーの概念まで。(全三冊)〔青N六〇四―一〕 定価一一五五円

カール・ポパー著／小河原誠訳

開かれた社会とその敵

第一巻 プラトンの呪縛(下)

プラトンの哲学を全体主義として徹底的に批判し、こう述べる。「人間でありつづけようと欲するならば、開かれた社会への道しか存在しない。」(全四冊)〔青N六〇七―二〕 定価一四三〇円

佐々木徹編訳

英国古典推理小説集

ディケンズ『バーナビー・ラッジ』とポーによるその書評、英国最初の長篇推理小説と言える本邦初訳『ノッティング・ヒルの謎』を含む、古典的傑作八篇。〔赤N二〇七―一〕 定価一四三〇円

……今月の重版再開……

ガーネット作／安藤貞雄訳

狐になった奥様

定価六二七円〔赤二九七―一〕

アンドレ・ジイド著／渡辺一夫訳

モンテーニュ論

定価四八四円〔赤五五九―一〕

定価は消費税10％込です　2023. 4